인생이 적성에
안 맞는걸요

인생이 적성에
안 맞는걸요

마음 아픈 사람들을
찾아 나선
'행키'의 마음 일기

임재영 지음

arte

당신 곁에 한 사람

병원에 있는 동안 만났던 환자들은
대부분 외로운 사람들이었습니다.
부모, 형제, 자녀가 있었지만
선후배, 동료, 친구가 있었지만
한결같이 외롭다고 했습니다.

그들은 이렇게 말했습니다.
"주위에 사람들 있으면 뭐해요? 제 속 이야기는 할 수 없는걸요."
"속 이야기 꺼내면 듣는 사람도 힘드니까 그냥 혼자 삭여요."

그들은 속 이야기를 하고 싶어도 하지 못한 사람들이었습니다.
속 이야기를 들어줄 단 '한 사람'만 있으면 되는데
그 한 사람이 없어서 홀로 참고 참고 또 참다가

결국 마음의 병을 얻은 사람들이었습니다.

여러 가지 이유로 정신과 의사를 만나지 못하는
외로운 사람들을 위해
누구에게 말도 못 하고 홀로 힘겹게 버티는
외로운 사람들을 위해
그들이 마음의 병을 얻기 전에 도움을 드리고 싶었습니다.
그들의 '한 사람'이 되어 위로하고 싶었습니다.

병원이 아닌 곳에서도
약물을 쓸 수 없는 곳에서도
마음 아픈 사람들을 위해
자기 자신을 처방하는 사람,
저는 그런 의사이고 싶습니다.
당신 곁에 그런 한 사람으로 남고 싶습니다.

1장

정신 나간 정신과 의사

저도 그대처럼
나약한 인간입니다.

그래서 함께 괴로워하고
같이 외로워할 뿐입니다.

저도 그대처럼
혼자 버티진 못합니다.

저도 그대처럼
홀로 견디진 못합니다.

저는 그대와 같습니다.
그대는 저입니다.

지금 나는 정신과 의사지만, 한때는 마음의 병을 앓는 환자였다. 다양한 전공과목 중 정신과를 선택한 이유는 내 병에 대해 공부해 스스로 고치고 싶어서였다. 마음의 병을 얻은 바람에 정신과 의사가 된 것이다.

병에 걸리고 싶어 하는 사람은 아무도 없다. 혹여 환자가 되고 싶어 하는 사람이 있다면 그 사람의 정신 건강부터 체크해봐야 한다. 사람들은 모두 어떻게든 병을 피하고 싶어 한다. 죽을 때까지 건강하게 살다가 건강하게 죽고 싶어 한다. 그러기 위해서 실제로 많은 시간과 노력을 들이고, 꽤 많은 돈을 쓰기도 한다. 그럼에도 불구하고 병이란 것은 불쑥 우리를 찾아온다. 나도 그랬다. 예전에는 병이 사람을 골라서 찾아온다고 생각했었다. 나는 예외일 거라 생각했었다. 그렇게 믿고 싶었다. 그런 일은 상상도 하고 싶지 않아서였다.

나를 찾아온 병은 마음의 병이었다. 당시 나는 아픈 사람을 고치고, 죽어가는 사람을 살리는 의학을 공부하는 의대생이었다. 하지만 내 성적과 자존감은 바닥을 기고 있었다. 적성에 맞지 않는다는 변명을 하며 현실을 외면하고 회피했다. 한마디로 나는 부적응자, 열등생이었다. 몇 년 동안 마음고생을 해서인지 결국 마음에 병이 나고 말았다. 병든 사람을 돕겠다고 공부를 하다가 오히려 마음의 병을 얻은 것이다. 급기야 학교를 그만두고 싶은 생각까지 들었지만 실행할 자신이 없었다. 비겁한 나 자신이 못마땅했다. 그런 나 자신을 비난했다. 점점 더 내가 싫어졌고, 그러다 보니 우울증이 더 심해졌다. 자신에 대한 연민도 깊어갔다.

마음의 고통을 아무에게도 말하지 않았다. 누구에게도 알리지 못했다. 자존심 때문에, 체면 때문에 마음을 숨긴 채로 살았다. 사람에게 도움을 청하지 못하고 술에 기댔다. 비참하고 우울한 마음을 달래기 위해 자가 처방 약(?)을 마셨다. 당연한 말이지만, 술은 내 마음을 알아주지 못한다. 술은 나를 이해할 수도, 나에게 공감할 수도 없다. 그런데도 술에 의존했다. 우울증을 내버려뒀더니 알코올중독이 따라왔다.

이러지도 저러지도 못한 채 꾸역꾸역 겨우겨우 살아냈다. 그렇게 사막에서 속을 태우며 방황하던 중 예상치 못한 일이 벌어졌다. 사막의 오아시스를 발견한 것이다. 바로 정신과 수업이었다. 말라 죽어가던 나에게 기적 같은 일이었다. 드디어 이 사막에서 빠져나갈 수 있겠다는 희망이 보였다. 마음의 병을 스스로 고쳐볼 수 있겠다는 기대가 생겼다. 절망이 그랬듯이, 희망도 어느 날 갑자기 예고 없이 찾아왔다.

정신과 공부를 하면서 나는 조금씩 달라졌다. 병을 앓고 있던 나(환자로서 나)는 병을 치료해보려는 나(의사로서 나)를 만날 수 있었다. 환자였던 내가 의사의 관점에서 스스로를 들여다보게 된 것이다. 그러자 내 모습이 한심하고 못마땅한 것이 아니라, 안타깝고 안쓰러워 보였다.

환자였던 내가 의사로 다시 태어나는 기회는 또 있었다. 의학 전문서적이나 교수님 강의를 통해서가 아니었다. 내과 실습을 할 때 만난 40대 후반 말기 암 환자와 정신과 실습을 할 때 만난 20대 초반 우울증 환자를 통해서였다.

40대 말기 암 환자는 무슨 수를 써서라도 살고 싶어 했다. 그는 꼭 살아야만 했다. 그럴 수밖에 없었다. 남편을 믿고 살아온 아내와 아빠를 믿고 살아갈 자식들 때문이었다. 자신만 바라보는 가족들을 남겨두고 먼저 떠날 수가 없었다. 그는 건강한 신체를 다시 얻을 수 있다면 무엇이든 할 것처럼 보였고, 그렇게 숨막히는 고통을 하루하루 견뎌냈다. 처자식과 함께 오래도록 살기 위해, 그게 허락되지 않는다면 단 하루라도 더 그들과 함께하기 위해.

그와는 정반대로 우울증을 앓던 20대 여대생은 죽음을 억척스럽게 부르고 있었다. 하루라도 서둘러 죽고 싶어 했다. 부모 형제를 두고 혼자 떠나고 싶어 했다. 머지않아 찾아올지도 모르는 반가운 일들을 미리 버리려고 했다. 그녀는 어떻게든 죽고 싶어 했다. 그럴 수밖에 없었는지 모른다. 살 만한 미래를 기대하고 기다리기엔 현재의 삶이 조금도 살 만하지 못해서였다. 처음부터 목숨을 끊으려 한 건 아니었다. 자신의 막막한 문제를, 답답한 상황을 해결해보려 나름 안간힘을 썼었다. 늪에서 빠져나오기 위해 필사적으로 발버둥을 쳤었다. 하지만, 나아지는 게 없었다. 오히려 더 깊이 늪에 빠져들었다. 결국 그녀는 자포자기했다. 숨이 멎을 듯한 고통을 더 이상 견딜 수가 없었다. 죽음만이 자신의 고통을 끝낼 유일한 방법이라고 믿었다.

한 사람은 아픈 몸을 가지고 어떻게든 삶을 이어가고자 하고,
또 한 사람은 건강한 몸을 가지고 어떻게든 삶을 끝내고자 하는구나.
몸이 아프면 그래도 살아보려는 마음이 생겨나지만,
마음이 아프면 살려는 마음 대신
죽으려는 마음이 생겨나는구나.

이것이 내가 그들로부터 배운 것이다.

실제로 직접 겪은 마음의 고통과 아픈 사람들로부터 배운 깨달음, 이 두 가지 경험이 나를 정신과 의사의 길로 인도했다. 나 자신의 병이, 그리고 내가 만난 두 환자가 내가 가야 할 길을 알려줬던 것이다.

여기 두 가지 질문이 있다.

"당신은 몸이 아픈 사람인가, 아니면 마음이 아픈 사람인가?"

"그래도 살고 싶으신가? 아니면 그래서 죽고 싶으신가?"

위 질문들에 어떤 대답을 해도 괜찮다. 괜찮다는 말이 상관없다는 뜻은 아니다. '그럴 만하다', '그럴 수 있다'는 뜻이다. 사실 몸이 아프면 마음도 따라 아프게 된다. 그리고 몸이든 마음이든 더 이상 견디기 힘들 정도로 아프면 죽고 싶은 마음도 생긴다. 그런데 마음 한쪽에 살고 싶은 마음이 아직 남아 있으면, 마음은 이리저리 왔다 갔다 한다. 그러다 마음의 병이 깊어지면 더 이상 버틸 힘이 사라지고, 살고자 하는 마음도 사라지게 된다.

죽고 싶을 수 있다. 그럴 수 있다. 그럴 만해서 그런 것이다.

하지만 죽고 싶을 수 있다는 것이 죽어도 된다는 말은 결코 아니다!

정신 나간
정신과 의사

현실은 내게 꿈을 버리라 했다.
내 꿈을 뺏기고 싶지 않았다.

현실에서 벗어나고 싶었다.
그래서 나는 의사 가운을 벗었다.

의사들이 가는 정해진 길 대신
엉뚱한 길을 가겠다고 했다.

사람들은 정신이 나갔다고 했다.
하지만 내겐 그 길밖에 없어 보였다.

그 길 위에서 예상치 못한 일이 일어났다.

계획지 않은 일이 벌어졌다.

새로운 길 위에서 몰랐던 걸 알았고,
새로운 현실 속에서 내 꿈을 찾았다.

이제 나는 또 한 번 의사 가운을 벗으려 한다.
그때처럼 또다시 엉뚱한 길을 가보려 한다.

이번에도 사람들은 정신이 나갔다고 할 것이다.
그렇다. 나는 '정신 나간 정신과 의사'다.

엉뚱한 길에서
찾은 답

　의대에 입학했을 때만 해도 나는 앞서가는 줄 알았다. 그런데 학기가 시작되면서 뒤처지기 시작했다. 지식으로 뒤처졌고, 학점으로 뒤처졌다. 그래도 동기들과 같은 배에 타서 같이 간다고, 단지 내 자리가 동기들보다 뒤에 있을 뿐이라고 스스로를 위로했다. 그러다 결국 유급을 당했다. 동기들과 끝까지 함께 갈 줄 알았는데, 배는 나를 바다에 떨어뜨려놓고 먼저 가버렸다.

　나는 자신에게 따져 물었다.

　'도대체 넌 그동안 뭐 했냐? 이 지경이 될 때까지 뭘 한 거냐?'

　부모님도 같은 질문을 하셨다. 대답을 못 했다. 여태 뭘 했는지 정말 몰랐기 때문이다. 그래도 한 가지는 확실히 알았다. '나만 뒤처졌다'는 현실. 이제 후배들과 공부를 하게 됐으니 1년이 뒤처지는 셈이었다. 알 듯 모를 듯 알쏭달쏭한 것도 있었다.

　'이건 내 길이 아닌가?'

'하늘이 이 길은 아니란 걸 알려주려고 날 유급시켰나?'

의문을 제대로 풀지 못한 채 덜컥 복학을 해버렸다. 이후 또다시 유급을 당하진 않았지만, 다시 한 번 바다에 빠졌다. 모교 인턴 시험에서 낙방한 것이다. 충분히 그럴 만했다. 내신 성적도 의사 시험 성적도 우수하지 못했기에 무엇보다 면접이 중요했는데, 면접에서 내가 보인 모습은 형편없었다. 교수님들 앞에서 벌벌 떨었다. 질문에 대한 답이 제대로 전달이 안 될 정도였다. 누가 정신에 문제가 있냐고 물어도 할 말이 없을 정도였다. '떨어졌구나.' 나는 누구보다 빨리 결과를 예측할 수 있었다.

그 상태로 시골 보건소로 가게 됐다. 군 복무를 대신해 공중보건의로 일했다. 진료를 마치면 숙소에서 이런 생각을 했다.

'대체 복무를 마치면 스물아홉이다. 동기들은 서른에 전문의가 될 텐데, 뒤처져도 한참 뒤처졌다. 이 나이 먹고 지금 이 시골에서 뭐 하고 있는 건가?'

대체 복무를 마친 후에도 앞길을 계획할 수가 없었다. 인턴 시험에 재도전할 자신이 없었기 때문이다. 떨어질 게 분명하다는 예감이 엄습했다. 그래서 인턴 시험을 안 보기로 했다. 예견되는 실패와 굳이 맞닥뜨리고 싶지 않았다. 현실로부터 도망치기로 결심했다. 그것도 아주 먼 곳으로.

호주로 도망쳤다. 어학연수를 핑계로, 그것도 스물아홉에. 부모님은, 친구들은 속았는지 모르지만 나는 스스로에게 속지 않았다. 속일 수가 없었다.

한국에선 길이 안 보여 호주로 날아가긴 했지만, 답이 없기는 마찬가지. 막막하고 깜깜하기는 한국이나 호주나 같았다. 시험을 안 봐서 아주 잠깐은 편했는지 몰라도, 금방 불안이 도지고 말았다.

'이제 여기서 무엇을 해야 할까? 어떻게 내 길을 찾을 수 있을까?'

답이 떠오르지 않았다. 아무리 고민해도 찾을 수가 없었다. 계획도 없으면서 여기까지 온 게 문제였다. 호주에 왔다고 해서 내 성적이 바뀌는 것도 아니고, 어학연수를 받았다고 가산점이 붙는 것도 아니었다. 문제는 다른 데 있는 것이 아니었다. 이런 상황을 자초한 내가 바로 문제였다. 내년이면 서른인데, 돈만 쓰면서 시간을 축내고 있는 듯했다.

불안이 정점을 찍자 신체적으로도 이상 증세가 생겼다. 심장이 벌렁거리기 시작했다. 가슴에 뜨거운 것이 차오르고 숨이 가빠왔다. 나 자신이 한심하고 싫었다. 이 상태에서 빨리 벗어나지 못하면 나 자신을 용서하지 못할 것 같았다. 도피자를 넘어 패배자가 된 심정이었다.

터닝 포인트가 필요했다. 내 상황을 바꿔줄 무언가가 절실했다. 어떻게든 상황을 바꾸고 싶었다. 내 안에 있는 것들을 모조리 쥐어짜서라도 그러고 싶었다. 반드시 그래야만 했다.

'그런데 어떻게 나를 바꾸지? 어떻게 내 문제를 풀 수 있을까?'

답이 떠오르질 않았다. 나 자신을 믿을 수 없었기 때문이다. 10년 가까이 자신에 대한 믿음이 생길 만한 일을 해본 적이 없으니 당연했다. 우울증이 극심해져 그동안 하루도 빼먹지 않았던 어학원 수업까지 빠지게 되었다. 나 자신도 미래도 달라질 게 없다고 생각하니 모든 게 헛되었다. 하루 종일 방에서 누워만 지내는 날이 늘어났다. 어느새 나는 또다시 바다에 빠져 있었다. 나를 바다로 빠뜨린 사람은 따로 없었다. 나 스스로 빠져서 홀로 허우적대고 있었다. 점점 더 깊이 가라앉고 있었다. 20대의 마지막 해에.

'어쩌다 이렇게 됐을까? 어쩌다 이 모양 이 꼴이 됐을까?'

씻지도 못하고 누워만 있는 내 꼴에 진저리가 났다. 그 누구에게도 들키기 싫은, 혐오스럽고 역겨운 모습이었다. 나에 대한 경멸이 치밀어 스스로에게 벌을 주고 싶을 정도였다.

그러다 문득 지금 이 상황이, 지금 느끼는 이 감정이 처음이 아니라는 걸 깨달았다. 그래서 잠시 처벌은 미루기로 하고, 누운 채로 눈을 감고 시간을 거꾸로 돌려봤다. 공중보건의 시절이, 인턴 시험에서 떨어졌던 날이, 인턴 시험 지원 서류를 넣던 날이, 의대생 시절 유급 발표가 있던 날이 떠올랐다. 그 밖에도 가슴 아팠던 날이 연이어 떠올랐다.

오래전부터 반복된 일이었다. 모든 게 귀찮고, 모든 게 싫었던 날들이 띄엄띄엄 이어져왔던 것이다. 지금 이 순간도 마찬가지였다. 순간 등골이 오싹했다. 시간과 공간이 달랐을 뿐 내가 느끼는 감정은 그때나 지금이나 같았고, 거기서나 여기서나 같았다.

나는 늘 내 감정에 나를 고스란히 맡겼었다. 그것이 문제였다. 무엇이 문제였는지 깨닫자, 그것만으로 나는 달라졌다. 감정의 소용돌이에 휩쓸린 나 자신을 한 발짝 물러서서 바라볼 수 있었다.

언제나 나로부터 불거진 문제, 내 안에서 벌어진 문제였다. 문제를 알고 나니 답을 찾을 길이 보였다. 애타게 기다리던 터닝 포인트였다. 문제를 풀려면 감정에 휘둘리는 대신 감정을 조절할 수 있어야 했다. 감정의 노예가 아닌 주인이 되어야 했다.

동시에 한참 동안 잊고 있었던 누군가가 떠올랐다. 정신과 의사가 되고 싶었던, 과거의 나 자신이었다. 반가웠다. 오랜만에 만난 고향 친구 같았다. 그가 왜 이제야 연락했냐고 따져 물었다. 그때부터였다. 예상치 못한 일이 일어난 것은. 내 문제가 다르게 보이기 시작했다. 내가 문제라고 생각했던 내 모습 속에 내가 찾던 답이 있었다.

내가 호주로 온 건 도망이 아니었다. 내 꿈을 향해 나아가다가 나는 넘어졌다. 아팠다. 많이 아팠다. 다시 일어서려니 겁이 났다. 또 넘어질까 봐, 그랬다간 정말 다시는 못 일어날 만큼 다칠까 봐. 그래서 그 자리에 주저앉은 것이다. 그것은 현실 도피가 아니었다. 내 꿈을 향해 계속 나아가기 위한, 다시 일어설 수 있는 충전의 시간을 벌기 위한 작전 타임이었다. 겁에 질려서 지레 현실 도피라고 해석했을 뿐. 이 먼 곳까지 온 진짜 목적은 내 꿈을 지키고 싶어서였다.

반전이었다. 늘 쫓기고 몰리던 내 처지가 한순간에 재해석되었다. 아주 오랜만에 맛보는 통쾌함이었다.

그날부터 나는 달라지기 시작했다. 예전과 달리 적극적이고 능동적인 관점에서 나 자신과 내 인생을 바라보게 되었다. 그날 이후에도 무너질 뻔한 적이 몇 번 있었지만, 그럴 때마다 예전처럼 수동적인 태도가 되지 않으려고 안간힘을 썼다.

나는 뒤처진 적이 없었다. 뒤처졌다고 생각했을 뿐이었다.

나는 늘 내 꿈을 향해 나아가고 있었다.

지금도 그렇다.

안녕이라고 말하는
그 순간까지

살다 보면 이런 일 저런 일 별일을 다 겪게 된다. 그동안 겪었던 일들이 그랬듯 바라지도 않은 일들이, 예상치도 못한 일들이 우리를 기다리고 있다. 그중에는 병도 있다. 우리 모두 한때는 건강하다. 그때는 앞으로도 계속 건강할 거라 생각한다. 나중에 건강을 잃어버릴 거라고는 미처 생각하지 못한다. 하지만 누구든지 언젠가는 아프게 된다. 어찌 보면 지금 아프지 않은 사람이야말로 앞으로 병을 얻을 사람이다. 마음의 병도 예외일 수 없다. 신체의 병을 얻게 될 줄 미리 알 수 없듯 마음의 병도 그렇다. 누구도 예외일 수 없다.

앞에서 말한 그 여대생도 그랬다. 우울증에 걸린 독거노인이 스스로 목숨을 끊었다는 인터넷 기사를 본 적이 있지만 자신에게도 그런 병이 찾아올 줄은 상상하지 못했다. 아니, 그런 소름

돋는 일은 생각조차 하기 싫었을 것이다. 그래서 입맛을 잃었는데도, 불면에 시달리는데도 '너무 더워서 그렇겠지', '스트레스 때문에 그렇겠지' 하며 가볍게 넘겼다. 그러다 결국 살맛까지, 삶의 의욕까지 잃어버렸다. 자신에게 병이 찾아왔음을 뒤늦게 알게 된 것이다. 병인 줄 알았더라면 진작 치료를 받았을 테지만, 그녀는 자신의 변화를 미처 병과 연결 짓지 못했다.

문제는 그녀가 '병을 얻는 순간'부터 시작된다. 주변 사람들은 더 이상 그녀를 자신이 알던 사람으로 바라보지 못한다. 본인도 자신을 예전처럼 바라보지 못한다. 그러다 보면 정말로 다른 사람이 될 수도 있다. 정신 건강을 잃고서 원래 모습을 잃어버리는 것이다. 건강을 잃고서 건강할 때처럼 살 순 없겠지만, 건강을 잃었다고 해서 모든 것을 잃은 듯 살아서는 안 된다. 건강을 상실했다고 해서 더 많은 것들을 떠나보내며 상실감을 키울 필요는 없다. 가까운 사람들과 함께한 추억을 버린다거나, 나의 가치를 놔버리진 말아야 한다. 무엇보다 '나' 자신까지 잃어버리는 일은 어떻게든 막아야 한다.

무언가를 잃어버리고 나면 무언가를 더 놔버리고 싶은 마음이 생기기도 한다. 예를 들어 휴대폰을 분실하면 '에라이 모르겠다, 이왕 이렇게 된 거 신상 구입하자'며 형편에 안 맞는 휴대폰을 덜컥 질러버리기도 하고, 잃어버린 지갑 속 현금은 찾을 가능성이 희박한데도 그 돈 생각하느라 시간과 에너지를 허비하기도 한다. 심리학에서는 이런 심리 현상을 '에라이 효과'(what-the-hell effect)라고 부른다. 뜻대로 되지 않은 하나의 일로 인해 '될 대로 돼라!'라며 모든 걸 포기해버리는 심리를 말한다. 실례를 들어보자. 새로 산 흰 바지를 입고 외출을 했는데 갑자기 비가 쏟아진다. 다행히 우산을 챙겨 나오긴 했지만, 그래도 빗물이 새 바지에 튈까 봐 신경이 곤두선다. 최대한 조심하며 걸어가는데, 갑자기 옆에서 오토바이 한 대가 쌩 지나가면서 바지에 빗물을 튀기고 만다. 불쑥 화가 치밀어 오른다. 그때부터 조심스럽던 내 발걸음은 거친 발걸음으로 바뀐다. 여기서 끝나지 않는다. '에라이! 모르겠다!' 식의 분노에 찬 내 발걸음은 내 옆을 지나는 사람들에게도 빗물을 튀겨버린다.

상실감을 겪으면 절망한다. 무언가를 빼앗긴 사람은 원망한다. 그리고 분노한다. 그 분노는 특정한 누군가를 향할 수도 있고, 불특정한 세상을 향할 수도 있다. 심지어 자기 자신을 향할 수도 있다. 이 과정에서 상실감은 배가된다. 하나의 상실감이 또 다른 상실감을 부르는 것이다.

정신 건강을 잃은 환자들 중에는 가족을 두고 떠나거나 추억을 공유한 사람들을 기억에서 지우는 이들도 있다. 삶의 이유와 의미, 심지어 자신의 존재 가치를 상실해버리기도 한다. 이 과정에서 주변 사람들이, 가까운 사람들이 하나둘 다치게 되고, 결국 자기 자신까지 다친다. 상실감이 분노로 번진 결과다.

무엇이 문제였을까? 어디서부터 잘못된 걸까? 결론부터 말하면 환자인 자신을 '피해자'라고 생각했기 때문이다. 그 생각으로 인해 주변 사람들마저 피해자로 만들어버린 것이다. 피해 사고가 비극의 발단이었다. 도대체 왜 이런 일이 생긴 걸까? 한마디로 말하면 '본심'을 잃어서다.

흰 바지를 입고 외출했던 그의 본심은 무엇이었나? 새 바지를 아끼는 마음이었다. 그런데 빗물이 튀자 순식간에 본심을 잃어버렸다. 더 이상 새 바지를 아껴주지 않았다. 잃은 것은 본심만이 아니다. 행인들에게 피해를 주었으니 그는 품위도 잃었다. 또한 자신의 분노를 조절하지 못해서 자신에 대한 신뢰마저 잃었다. 그러니 절망감과 자괴감까지 몰려온다. 그를 이 지경까지 몰고 간 사람은 도대체 누구일까? 오토바이 운전자일까? 아니면 본심을 잃은 그 자신일까?

사람들은 종종 건강을 잃는 것, 즉 병을 얻는 것을 '해'나 '벌'이라고 생각한다. 그러다 보니 '환자=피해자'라는 등식이 성립된다. 자신이 해를 당했다고, 벌을 받았다고 믿는 사람은 마음의 평정을 유지하기가 어렵다. 더 큰 문제는 마음의 동요가 크면 클수록 본심을 잊어버리기가 쉽다는 것이다. 그렇다면 환자의 본심은 뭘까? 아주 쉽다. 건강을 찾는 것, 다시 건강하게 사는 것이다. 그러나 병을 해나 벌이라고 생각하는 환자는 자신이 피해자라는 생각 때문에 본심을 잊거나 잃게 된다.

하루빨리 본심을 되찾아야 한다. 꼭 환자가 아니더라도 우리는 본심을 찾고, 본심을 지켜내야 한다. 본심은 언제 어디서든 우리가 진심으로 바라는 바를 알려주기 때문이다. 지금부터라도 우리는 본심에 가깝게 살려고 애써야 한다. 이제부터라도 우리는 본심에 따라 살려고 노력해야 한다. 이것이 우리가 할 수 있는 최선이다.

나는 한때 환자였지만, 지금은 의사다. 그런데 의사이기 전에, 나는 '사람'이다. 앞에서 말한 여대생도 환자이기 전에 사람이다. 사람은 본래 나약하다. 그래서 아프기 쉽다. 사람은 생명이 시작되는 순간부터 언제든지 아플 수 있다. 누구든 언제든 병을 얻을 수 있다. 마음의 병도 마찬가지다. 이것이 우리의 현실이자 우리의 한계다.

사람의 한계는 또 있다. 우리는 죽는다. 엄마 배 속에서부터 우리는 죽음을 향해 다가가기 시작한다. 엄밀히 말하면 우리가 죽음에게 다가가는 것이 아니라 죽음이 우리에게 다가온다. 우리에게 주어진 시간의 한계, 언제일지 예측할 수 없는 끝, 그 누구도 그 끝을, 죽음을 피할 수 없다. 이것이 우리의 한계다.

노인 우울증에 관한 강연을 할 때 빼먹지 않고 하는 말이 있다. 나는 80대 어르신들 앞에서도 '죽음'을 말하는 의사다. '끝'이 다음 달이 될지, 다음 해가 될지 모르는 분들 앞에서 감히 이렇게 말한다.

"저는 내일 죽을지, 모레 죽을지 모릅니다!"

어르신들은 도대체 무슨 소리냐는 표정을 지으신다. 나는 잠깐 뜸을 들이고는, 어제 뉴스에서 본 사건·사고를 알려드린다. 예를 들면 물놀이하던 20대 청년들의 익사, 여행길에 올랐던 40대 부부와 10대 자녀의 교통사고 사망. 그러고 나서 이렇게 말한다.

"제가 그렇게 될 수도 있었습니다! 어르신들, 만나서 반갑습니다! 살아주셔서 감사합니다!"

우울증을 수년째 앓던 한 어르신이 내 강연을 들으시고 이런 말씀을 하신 적이 있다.

"선생님, 저는 몇 년째 오늘 죽을까, 내일 죽을까 고민했습니다. 살아도 사는 게 아니었죠. 그런데 선생님 강의를 듣고 나니 이런 생각이 드네요. 내일 죽을지, 모레 죽을지 모르는 운명인데 내가 뭐 때문에 언제 죽을지 고민을 하고 있나? 내일 제 운명이 끝날지도 모르는데, 그것도 모르고 오늘 죽으려고 한 사람이 저였습니다. 얼마나 어리석었는지 깨달았습니다. 오늘부터는 사는 날까지 살아볼랍니다!"

우리의 한계를 극복하려는 노력도 괜찮은 일이지만, 우리 한계 안에서 최선을 다하려는 노력도 꽤 괜찮은 일이다. 그래서 나는 오늘도 '오늘'을 살아가려고 한다. 하루살이처럼 하루, 하루를 살아내려고 한다. 오늘은 내가 의사일지라도 내일은 환자가 될지 모른다. 예전에 마음의 병을 얻어봤기에 다시 환자가 될 가능성이 높다. 하지만 내일 다시 그렇게 되더라도 나는 환자가 아닌 '사람'으로 살고 싶다. 그렇게 살려고 한다. 그러기 위해 틈틈이 자신에게 알려주고 있다. '너도 사람이라 곧 아플 수 있어!' 여태 마음의 병을 앓은 적이 없는 사람이라도 앞으로 환자가 될 가능성은 다분하다. 이유는 간단하다. 우리 모두 나약한 사람이기 때문이다.

나는 오늘은 살아 있지만, 내일은 죽을지도 모른다. 이것을 기억해야 한다. 내 나이는 아직 평균 수명의 절반밖에 안 된다. 그렇다고 내게 주어진 시간이 넉넉하다고 장담할 수 있을까? 평균이 그렇다는 거지, 내가 평균만큼 산다는 보장은 없다. 그래서 나는 오늘도 스스로에게 알려준다. '너도 사람이라 곧 죽을 수 있어!' 그리고 당연한 말이지만, 지금 이렇게 살아 있기에 죽음에 대해 말할 수 있는 것이다.

앞에서 미처 못 한 말이 있다. 처음 우울증을 앓았을 때 나는 내가 왜 아픈지, 왜 이렇게 아파야 하는지 몰랐다. 이유를 찾을 수 없어서 억울하기만 했다. 그런데 지나고 보니 이유가, 의미가 있었다. 마음이 병든 사람들이 얼마나 아프고 괴로운지 직접 체험해보라고 누군가가 내게 준 기회였다.

20대에 우울증을 얻었던 여대생이 그 뒤로 어떤 삶을 살아갔는지 알지 못한다. 하지만 그녀도 자신이 아픈 이유와 의미를 찾았기를 바란다. 또한 지금껏 아팠다 하더라도 환자가 아닌 '자신'으로 살아가기를, 내일 죽더라도 자신으로 살아내기를 바란다. 내 이야기를 듣고 있는 당신에게도 바란다. 우리의 끝이 언제일지는 몰라도 '끝날 때까지는 끝난 게 아니다'라는 사실을 기억해주기를. 그리고 지금 크나큰 고통을 겪고 있을지라도 '본심'을 지켜내기를.

마지막으로 존경하는 정신과 의사의 말을 전하고 싶다.

불치병으로 죽어갈 때, 우리는 포기할 수도 있고, 관심을 요구할 수도 있고, 비명을 지를 수도 있고, 무기력 상태에 빠져버릴 수도 있다. 억울함과 분노에 사로잡혀 다른 사람들의 삶을 비참하게 만들 수도 있다. 못다 한 일들을 마무리하고 우리의 씩씩한 투병이 다른 사람들의 삶에 감동을 주어서 살아 있을 때 무언가 이루었다는 뿌듯함을 느낄 수도 있을 것이다.

엘리자베스 퀴블러 로스, 『안녕이라고 말하는 그 순간까지 진정으로 살아 있어라』 중에서

더 이상
기다리고만 있지 않겠다

가벼운 마음으로 병원에 가는 사람은 없겠지만, 다른 병원보다 정신병원에 가는 건 더 부담스러운 일이다. 다행히 과거에 비해 부정적인 인식이 어느 정도 개선되긴 했지만, 아직도 많이 부족하다. 병원에서 만나는 환자 대부분은 여전히 가족들에 의해 억지로 끌려오다시피 한 사람들이다. 드디어 마음의 병을 고칠 수 있는 기회가, 다시 건강하게 살 기회가 찾아온 것인데 환자들은 그렇게 생각하지 않는다. 안타깝게도 그들의 입장과 내 입장은 달라도 너무 다르다.

"미친놈들이나 오는 곳에 날 데려와? 집어넣기만 해봐!"
이 말이 그들의 입장을 가장 잘 대변하는 말이 아닐까 싶다. 사실 그들을 데려온 가족들의 입장도 크게 다르진 않다.
"저도 여기까지 올 줄은 몰랐습니다. 입원하면 가두고 때리는 건 아니죠?"

　모든 분이 이렇지는 않지만, 아직도 많은 사람이 정신병원에 대한 편견을 갖고 있다. 내 경험에 따르면 통원 치료를 원하는 환자는 과거에 비해 많이 늘었지만 입원 치료를 원하는 환자는 여전히 적다. 또한 상담을 원하는 환자는 많지만 약물을 원하는 환자는 적다. 조기 개입이 필요한 사람은 많지만 조기 개입을 받는 사람은 거의 없다. 다시 말해 치료가 당장 필요한 사람도 좀처럼 정신병원을 찾지 않는다. 그럼 그런 사람은 어떻게 해야 하나? 도움이 절실히 필요한 사람이 도움을 거부하면 어떻게 해야 하나?

　어찌 보면 나는 꿈을 이룬 사람이다. 마음의 병을 치료하는 정신과 의사가 되고 싶었고, 지금 그 일을 실제로 하고 있으니까. 하지만 실상을 들여다보면 아직도 정신과 치료와 정신병원을 꺼리는 사람이 많으니, 기대만큼 치료가 필요한 환자들을 충분히 돌보고 있다고는 할 수 없다. 정신적인 고통을 겪는 사람들은 한 번쯤은 정신과 의사를 떠올리지만, 여전히 정신과에 대한 심리적 문턱이 높다 보니 대부분 도움 받기를 포기한다. 늘 이런 현실이 안타까웠다. 그런 안타까움이 차곡차곡 마음속에 쌓여갔다. 그러다 언젠가 이런 생각이 들었다.

　'그토록 오기 싫어하는 사람들을 마냥 기다리고만 있었구나.

이렇게 기다리기만 해도 될까?'

　이런 질문을 속으로 반복하다가, 어느 날 더 이상 기다리고만
있지 않기로 마음먹었다.

　사회로 나가기로 마음먹었다.

　새로운 꿈을 꾸기로 마음먹었다.

어디든 갈 수 있는
상담 트럭

　병원에서 나와 마음 아픈 사람들을 어떻게 도울지 한참 고민
했다. 무엇보다 병원 진료실을 대신할 만남의 장소가 필요했다.
다른 과가 아니라 정신과라서 의자 두 개만 놓을 수 있는 공간이
면 충분했다. 그래서 처음 떠올린 곳은 커피숍이었다. 그런데 다
시 생각하니 커피숍은 독립된 공간이 아니다 보니 속 이야기를
시원하게 털어놓기 어려울 것 같아서 제외시켰다.

　다음으로 떠올린 곳은 스터디룸이었다. 스터디룸이야말로 독
립되고 안락한 곳이기에 상담 공간으로 적합해 보였다. 그런데
스터디룸은 대개 도심 한복판에 있다. 따라서 도심에서 떨어져
사는 사람들, 즉 노인이나 취약 계층에게는 접근성이 좋지 않다.
사실 이런 분들에게 정신과적 상담이 가장 절실한데 말이다. 이
곳도 아쉬움을 뒤로하고 제쳐야 했다.

　고민이 깊었다. 그러던 중 길거리에서 푸드 트럭을 발견했다.

머릿속이 번쩍했다. 그래, 트럭이다. 트럭이라면 어디든 찾아갈 수 있다. 게다가 마음 놓고 속을 꺼내놓을 수 있는 독립적인 공간이다. 그 안에서 마음 아픈 분들과 상담하는 내 모습이 선명하게 그려졌다.

아직도 그날을 생생히 기억한다. 2016년 2월 5일, 살을 에는 영하의 날씨에 아내와 두 아들을 데리고 중고차 매장으로 향했다. 그곳에서 인터넷 화면으로만 본 탑차 워크스루밴의 실물을 확인했다. 사진상으로도 첫눈에 반했는데, 직접 보니 다른 차는 하나도 눈에 들어오지 않았다. 아내와 두 아들을 태우고 시범 운전을 했는데, 그냥 그대로 어디든 가서 당장 상담을 해보고 싶었다. 어디든 훌훌 떠나고 싶었다.

딱 한 달치 월급을 털어 계약하고 나니 할 일이 또 생겼다. 일단 상담 트럭 이름도 지어야 하고, 상담 공간에 맞게끔 개조도 필요했다. 이름은 며칠 동안 숙고 끝에 '찾아가는 고민 상담소'라고 지었다. '정신과'나 '심리'가 들어가면 그 단어와 관련된 편견 때문에 상담을 받고 싶어도 포기하는 사람이 생길까 봐 '고민'이라는 단어를 택했다. 정신과에 대한 심적 문턱이 높아 벌인 일이니만큼 이름에서도 문턱을 낮췄다.

이젠 중고 탑차를 이동 상담소로 꾸며야 할 차례다. 외관과 내부를 모두 직접 디자인해보고 싶었다. 우선 외관부터 시작했다. '찾아가는 고민 상담소'라는 이름 외에 어떤 문구와 어떤 이미지를 넣을 것이냐. 아내와 둘이서 고심 끝에 가까스로 세 가지 문구를 정했다. 먼저 "그대 행복을 키워드립니다!" 당장 상담 트럭에 올라탄 사람들의 행복을 키워드리겠다는 마음으로 골랐다. 다음으로는 "지금 행복 배송 중입니다". 탑차는 우리가 늘 기대하고 기다리는 택배물을 실어 나르는 차이기도 해서 마치 택배를 배송하듯 행복을 배송한다는 의미로. 마지막 카피는 "정신과 전문의 지금 상담 중입니다". 누가 행복을 키워주고 배송해주는지를 밝히는 뜻으로.

다음으로, 어떤 이미지나 디자인이 사람들을 상담 트럭으로 이끌 수 있을까? 고심 끝에 선택한 이미지는 바로 나의 증명사진과 내 이름이었다. 어떤 택배 회사 차량엔 기사님의 사진과 이름이 붙어 있다. 자신의 사진과 이름을 내건다는 건 자기 일에 책임을 지겠다는 뜻이고, 우리는 그런 사람을 신뢰하게 된다. 또한 상담의 문턱을 더욱 낮추는 추가 이미지도 필요했다. 이 역시 한참 고민 끝에 또 내 사진을 쓰기로 했다. '어서 옵쇼!' 하고 호객 행위를 하는 듯한 포즈의 전신사진을 쓰기로. 사진관에 가서 상담 트럭 외부에 붙일 사진을 찍었다. 짧고 굵은 몸매로 우스꽝스러운 자세를 취하고 있는 내 전신사진을 보니 꽤 민망했지만, 그래도 괜찮았다. 트럭은 이동하는 광고판이기도 하기에, 이왕이면 재미있게 디자인하고 싶었다.

다음은 트럭 내부 상담 공간을 디자인할 차례였다. 어떻게 꾸며야 마음 아픈 사람들이 편안하게 고민을 꺼낼 수 있을까? 노트에다 도면을 직접 그려서 색칠도 해봤다. 평생 한 번도 해보지 않은 일의 연속이었다. 그래도 즐거웠다. 해보지 않아서 잘하진 못하지만 하고 싶어서 하는 일이므로. 상담 공간의 색깔은 하늘색과 연두색. 막혀 있는 공간이 아니라 최대한 툭 트인 자연 속 느낌을 주기 위해 벽과 천장을 하늘색으로 정하니 자연히 바닥에는 인조 잔디를 깔아야겠다는 생각이 들었다. 여기까지 결정을 하고 나니 사야 할 의자와 테이블도 금방 떠올랐다. 자연 콘셉트를 위해선 야외용 의자와 테이블이 딱이었다. 도시의 빌딩 숲에서 잠깐이라도 벗어나 지친 마음 쉬어 갈 수 있는 곳, 이것이 내가 원하는 상담소의 모습이었다.

결정한 대로 트럭 내부와 외부를 직접 꾸미기 시작했다. 2월 중순이라 날씨가 꽤 추웠지만 집 근처 공터에서 작업을 해야 했다. 탑차 높이 때문에 지하 주차장엔 들어갈 수 없었다. 시린 손을 호호 불고 흐르는 콧물을 닦아가며 한 번도 붙여본 적 없는 시트지를 자르고 붙이고, 또 자르고 붙였다. 허리를 바짝 뒤로 젖혀서 천장 작업을 할 때는 허리가 끊어지는 줄 알았다. 서툴러서 진행이 더디다 보니 불쑥불쑥 그냥 인테리어 업체에 통째로 맡겨버릴까 하는 생각도 들었다. 그럴 때마다 나 자신을 달랬다. 이렇게 개고생해서 완성하고 나면 그만큼 상담 트럭에 대한 애착도 커질 거라면서. 그렇게 처음부터 끝까지 혼자서 완성시켰다.

한 바가지 눈물과 콧물과 열정과 패기를 부어서 만든 나의 작품은 그렇게 탄생했다. 좀 허술하고 촌스럽긴 했지만, 내 시간과 에너지가 스며든 작품(?)이라 정말 뿌듯했다.

　　상담 트럭의 탄생을 자축하며 SNS 계정에 상담 트럭 사진과 함께 홍보 글을 올렸다.

　　'찾아가는 고민 상담소'는

　　사회 공익 활동을 하고자 마련한

　　이동식 무료 상담 공간입니다.

내가 이러려고
병원을 나왔나?

  상담 트럭을 몰고 나선 첫날, 집 근처에 있는 공원에 차를 세웠다. 상담실 문을 활짝 열고, 테이블과 의자를 깨끗이 닦았다. 지금도 상담 전에 늘 치르는 의식으로, 먼저 내 마음부터 활짝 열고 내 마음의 때부터 닦는다는 의미다. 물론 이런 뜻은 나 외엔 아무도 모른다. 그토록 경건한 마음으로 첫 손님(?)을 기다렸다. 고백하건대, 정말 많이 떨렸다. 첫 시도다 보니 긴장할 수밖에 없었다. 아무쪼록 내가 잘 쓰일 수 있기를 간절히 바랐다.

  공원엔 사람들이 적잖이 있었다. 난생처음 보는 상담 트럭에 "이런 트럭도 다 있네?" 하며 감탄하는 사람도 있었고, 친구들끼리 장난스레 "너 한번 들어가봐. 너 또라이잖아?"라며 농담하는 사람도 있었다. 상담 트럭 앞에서 사진만 찍고 가는 사람도 있고, 나와 눈이 마주치자 목례만 하고 가버리는 사람도 있었다. 시간이 지나자 긴장해서 굳어 있던 몸이 어느덧 스르르 풀리기 시작했다. 덩달아 뜻밖의 용기도 부르르 솟았다.

'첫날 반응이 이 정도면 괜찮은 거지! 상담 트럭이 신선하긴 한 가 보다.'

그런데 얼마 지나지 않아 예상치 못한 일이 벌어지고 말았다! 한 중년 남성이 상담실 안으로 고개를 불쑥 집어넣더니 다짜고짜 말했다.

"여기서 뭐 하는 겁니까? 진짜 정신과 의사 맞아요?"

순간 당혹감을 느꼈다. 내 모습이 정신과 의사답지 않나? 상담 트럭 바깥에 '정신과 전문의'라고 분명히 씌어 있는데……. 나는 항변하듯 큰 소리로 대답했다.

"네! 정신과 의사 맞습니다!"

"정신과 의사가 왜 이렇게 젊어?"

그는 혼잣말인 듯 아닌 듯한 그 한마디를 던지고 유유히 사라졌다.

정신과 의사 맞아요? 이 말이 한참 동안 귓가에 맴돌았다. 요동치는 마음을 추스르기 위해 상담 트럭에서 내렸다.

'흰 가운을 입고 병원에 있을 때는 모두가 의사로 봐줬는데, 병원을 나오니 의사라는 걸 안 믿어주는구나…….'

잠시 혼이 나간 채 있다가 정신을 차렸다. 앞으로도 어떤 일이 벌어질지 모르는데 이깟 일로 이러면 어쩌려고? 나는 스스로를 다그치며 다시 상담 트럭에 올라탔다. 그리고 다시 첫 손님을 기다렸다. 지나가던 몇몇 사람이 트럭을 보고 감탄하긴 했지만, 상담을 받으려는 사람은 아무도 없었다.

'이러다 한 명도 못 태우는 거 아냐?'

가슴이 바싹바싹 타들어가는데 어디선가 "선생니임~~" 하는 소리가 들렸다. 아주 청아한 여성의 목소리였다. 내 고개는 아주 빠른 속도로 휙 돌아갔다.

"네에?"

"여기서 상담해주시는 거예요?"

"네! 상담 트럭이에요. 제가 상담해드립니다!"

"저는 타로점 봐주시는 줄 알았어요, 호호홍."

또 한 방 먹었다. 어질어질했다. 그래도 최대한 순발력을 발휘해서 웃었다.

"하. 하. 하. 그렇게 보이셨나 보네요. 하하하⋯."

"그럼 상담료는 얼마예요? 한 시간 정도 하면요?"

이때다 싶어서 힘껏 소리쳤다.

"무료입니다! 상담료 받지 않습니다!!"

속으로 생각했다. 드디어 첫 상담을 할 수 있겠구나! 그러나 그녀는 다시 질문을 던졌다.

"무료라고요? 왜 무료로 해줘요?"

말문이 막혔다. 무료라는 데 이유가 필요한가? 그래도 대답은 해야지 싶어서 떠오르는 말을 내뱉었다.

"자원봉사예요. 재능 기부 같은 거죠!"

그녀는 이제야 이해가 된다는 듯 고개를 끄덕였다.

'이제 그만 타시죠? 고민 상담합시다!' 속으로 이렇게 외치며 애타게 그녀를 바라봤다.

"와, 좋은 일 하시네요. 그럼 계속 수고해주세요."

위로도 격려도 안 되는 말만 남긴 채 그녀는 날 떠났다.

예상치 못한 일의 연속이었다. 다시 눈앞이 캄캄했다. 가슴이 갑갑했다. 누구를 상담할 상태가 아니라 내가 상담을 받아야 할 지경이었다.

내가 이러려고 병원을 나왔나, 자괴감이 들었다.

솔직히 말해 많은 분들이 무지 반겨주실 줄 알았다. 많은 분들이 가벼운 마음으로 상담 트럭에 탈 줄 알았다. 기대가 컸던 만큼 실망도 컸다. 나는 내가 만든 이동 상담소 테이블에 고개를 떨군 채 앉아 있었다. 눈물이 떨어지진 않았지만 울고 싶은 심정이었다. 그러다 문득 명함이 떠올랐다. 병원 나오기 전에 직접 디자인해서 만든 명함. 이러고 가만있을 게 아니라 뭐라도 하자.

나는 자리를 박차고 일어나 거리로 나가, 전단지 나눠주는 사람처럼 명함을 돌렸다. "상담받으세요, 무료입니다!"라고 말하면서. 난생처음 해보는 일이라 목소리가 기어들어갔지만. 그런데 뭐든지 하다 보면 는다고, 목소리가 점점 커졌다. 무료 상담이라는 말에 호응이 없자 즉흥적으로 멘트도 바꿨다.

"도움이 필요하시면 알려주세요!"

내가 말해놓고 깜짝 놀랐다. 사실 당시 나야말로 도움이 필요한 사람이었다. 그것도 아주 절실히! 내가 진짜 뱉고 싶었던 말은 이것이었다.

'제가 도울 수 있도록. 부디 저를 도와주세요!'

하지만 사람들은 내 명함을 받아주지 않았다. 내 마음을 받아주지 않았다. 명함을 건네려 다가가면 몇 발짝 물러서는 사람도 있고, 그냥 제 갈 길 가는 사람도 있고, 마지못해 명함을 받기는 했으나 슬그머니 버리는 사람도 있었다. 어떤 사람은 화들짝 놀라며 '왜 사람을 놀래키냐?'는 불쾌한 표정을 짓기도 했다. 나는 도심 한복판에서 전단지 돌리는 사람들의 심정을 알 수 있었다. 내 마음은 그들보다 더 비참했는지도 모른다. 그래도 그들은 일당을 받고 하는 일이지만, 내 경우엔 무료로 상담해드리고자 했던 일이니까.

좋은 의도가 좋은 의도로 받아들여지지 않는 냉혹한 현실에 상처를 받았다. 그래도 나는 굴하지 않고 내 마음을 계속 전했다. 간혹이나마 명함을 받아주는 사람이 있었기에 계속 돌릴 수 있었다. 그런대로 홍보는 되는 것 같았지만, 상담은 좀처럼 이루어지지 않았다.

상담 트럭을 세워둔 공원에는 나 말고도 사람들이 많았지만, 나는 그들 속에서 혼자였다. 나 홀로 상담 트럭에서 누군가가 와주길 기다렸다. 나 홀로 명함을 돌리며 누군가가 봐주길 기대했다. 도움을 주고 싶어서 "도움이 필요하시면 알려주세요!"라고 외쳤지만, 내 도움이 필요한 사람은 없었다. 내가 잘 쓰일 수 있기를 바랐건만, 나를 쓰려는 사람은 없었다.

갈 곳도 쉴 곳도 없는
애물 트럭

　상담을 원하는 사람만 없는 게 아니었다. 상담 트럭을 주차할 곳도 없었다. 주차 문제는 중고 탑차를 구입한 그날부터 날 따라다닌 골칫거리였다. 내가 사는 아파트에는 지하 주차장만 있고 거기는 높이 제한이 있어서 상담 트럭 바퀴 한쪽도 들어갈 수 없었다. 결국 매일 밤 불법 주차를 해야 했다. 그 말은 주차 위반 딱지를 받을 위험성을 늘 안고 살았다는 뜻이다. 아침에 트럭을 늦게 빼거나 토요일이라고 방심하고 트럭을 빼지 않은 날엔 어김없이 딱지를 받았다. 트럭을 주차해놓고 상담 손님(?)을 기다리다가 주차 단속 카메라에 찍힌 적도 몇 번 있었다. 무료로 봉사하려고 시작한 일이었지만 봉사는 못 하고 벌금만 내야 했다. 규범을 어긴 건 잘못이지만, 내심 억울하지 않을 수 없었다. 그러다 보니 언젠가부터 상담 트럭을 '애물단지'라고 부르기 시작했다.

그 애물단지는 제 역할을 하지 못할뿐더러 부르는 곳도 없고 쉴 곳도 없는 비참한 처지였다. 주인인 나도 덩달아 비참해졌다. '찾아가는 고민 상담소' 소장인 내가 상담 트럭 때문에 고민이 생긴 상황이었다. 그렇게 한 달이 지나고 두 달이 지나고 세 달째 되던 어느 날, 세 시간 넘게 기다리다 한 명도 상담하지 못하고 트럭 운전석에 올라탔는데 눈물이 핑 돌았다.

'내가 이러려고 병원을 나왔나? 내가 원한 건 이런 게 아니었는데…….'

참아왔던 절망감이 조용히 폭발했다. 그동안 쏟아부은 돈과 시간도 아까웠고, 잃어버리거나 스스로 놔버린 것들도 아까웠다. 내가 지금 무슨 짓을 하고 있는 거지? 내가 정신이 나가서 현실감이 없는 건가? 나는 혹시 돈키호테(망상증 환자)일까? 따라오는 의문에 정신이 혼미해졌다. 트럭에 시동도 걸지 못하고 혼이 나간 사람처럼 앉아 있었다. 그 누구보다 내가 당장 상담이 필요한 지경이었다.

겨우 정신을 차리고서 어디로 갈지 고민했다. 집으로 갈 것인가, 아니면 정신건강복지센터로 갈 것인가? 결국 나는 집보다 가까운 센터를 선택했다.

애물 트럭,
다시 태어나다

시무룩한 표정으로 터벅터벅 걸어 들어가면 누가 봐도 안쓰러운 모습일 것이었다. 그래서 억지로 태연한 척, 괜찮은 척 정신건강복지센터 사무실로 들어갔다. 하지만 내 침울한 분위기를 들키지 않을 도리는 없었다.

"오늘도 상담 못 하셨어요?"

걱정하는 눈빛으로 물어오는 동료의 말에 정말 펑펑 울 뻔했다. 재빨리 시선을 다른 곳으로 돌렸다. 울컥하는 마음을 진정시킬 시간이 필요했다. 최대한 빠르게 감정을 누그러뜨리고, 축 처진 입꼬리를 쫑긋이 올렸다. 그리고 최선을 다해 웃으며 말했다.

"오늘도 허탕 쳤어요!"

이 말을 하기 전엔 분명 억지로라도 웃었는데 말이 끝나자 억지웃음도 사라지고 말았다. 그런 내 모습이, 내 무모함이 안타까웠는지 그녀는 내게 이렇게 말했다.

"그렇게 혼자 다니지 마시고, 저희도 같이 나갈까요?"

내 상태가 안 좋아 귀에 헛것이 들리나 싶었다.

그녀가 다시 말했다.

"센터 사업으로 해보면 어떨까요?"

제대로 들은 게 맞았다. 내가 꽤 오래전부터 내심 듣고 싶었던 말을 들은 게 분명했다.

심장이 쿵쾅거렸다. 거울을 안 봐서 모르지만 얼굴에 화색도 돌았을 것이다. 얼굴 근육이 저절로 펴지는 게 느껴졌다.

"정말요? 저 혼자 하는 것보다 같이하면 저야 좋죠! 도와주시면 진짜 감사하죠!"

홀로 쓸쓸히 고군분투한 지 2개월하고 보름이 넘은 시점, 늪으로 점점 빠져 들어가 이제 어깨까지 잠겼을 때 구명 튜브가 눈앞에 던져진 것이다. 내심 도움을 바라기는 했지만 차마 티를 못내고 있었던 터라 그녀의 말은 상담 트럭을 구입했을 때만큼이나 내 가슴을 뛰게 만들었다.

그날부터 천군만마를 얻은 듯 바닥으로 떨어진 자신감을 회복하기 시작했다. 보건소장님에게 사업 계획을 제안했고, 결국 시장님 결재까지 받게 되었다. 찾아가는 상담 트럭 사업은 그렇게 일사천리로 빠르게 진행됐다. 기꺼이 도와주신 분들 덕분에 트럭을 구입한 지 3개월 만에 진정한 상담 트럭으로 거듭날 수 있었다.

시에서 하는 시범 사업으로 채택되었으니 홍보는 말할 것도 없고, 모든 주민센터에 공문이 뿌려지면서 지원까지 얻게 되었다. 이렇게까지 급속도로 진행될 줄은 상상도 못 했었다. 그토록 속을 썩이던 주차 문제도 해결이 되었다. 보건소 주차장에 상담 트럭 공간이 생긴 것이다.

그로부터 얼마 후 tvN 〈리틀빅 히어로〉 제작팀으로부터 연락이 왔다. 솔직히 말하면 SBS 〈세상에 이런 일이〉에서 연락이 오는 공상을 해본 적은 있었다. 그런데 실제로 방송 출연 섭외를 받고 보니 믿기지가 않아 어안이 벙벙할 정도였다. 이거 진도가 너무 빠른 거 아닌가? 뭔지 모를 불안감과 두려움이 느껴져 처음엔 거절을 했다. 적어도 상담 트럭이 잘되고 있을 때 출연하는 게 맞지, 이제 막 시작한 마당에 알려지는 건 아니라고 판단했기 때문이었다. 막상 거절하고 나니 아쉽기도 했지만, 또 기회가 올 거라 여기며 신나게 '찾아가는 고민 상담소' 일에 매진했다. 두 달쯤 지나 다시 출연 제안을 받았다. 아직도 이른 감이 없지 않았지만 두 번 거절하기는 싫었고, 상담 트럭을 더 알리고 싶은 욕심에 촬영을 흔쾌히 수락했다.

이렇게 〈리틀빅 히어로〉 PD님과 작가님, 그리고 스태프들의 도움 덕분에 '찾아가는 고민 상담소'는 태어난 지 7개월 보름 만에 전국으로 알려지게 되었다. 덩달아 나도 세상에 나온 지 38년 만에 세상에 알려지게 되었다. 방송이 나간 다음 날 아침부터 센터로 전화가 쇄도했다. 동료 일곱 명이 모두 전화를 받느라 업무가 마비될 정도였다. 전국 각지에서 상담을 받고 싶다는 분들뿐만 아니라 함께 상담 봉사를 하고 싶다는 분들, 트럭 세차나 운전이라도 도와주고 싶다는 분들, 그리고 금전적으로 후원을 해주고 싶다는 분들까지 정말 많은 분들에게서 연락이 왔다. 아낌없는 응원과 지지였다.

또한 방송 다음 날부터 어딜 가도 상담 트럭을 알아보는 분들이 있었고, 어딜 가도 즉흥적으로 상담을 받는 분들이 생겼다. 급기야 불과 일주일 전만 해도 상상도 못 한 상담 예약제를 실시하게 됐다. 예약 신청은 몇 분 만에 다 차버릴 정도로 뜨거운 호응을 얻었다.

애물단지 트럭은, 이렇게 해서 진정한 상담 트럭으로 거듭나게 되었다.

2장

누구에게도 하지 못했던 말들

누구나 기다리고
누구나 반겨주는
택배 트럭이 있습니다.

누구는 외면하고
누구는 꺼려하는
상담 트럭이 있습니다.

택배 트럭은 오늘도
물건을 싣고 달려갑니다.
마음이 허한 사람들에게.

상담 트럭은 오늘도
공감을 싣고 달려갑니다.
마음이 쓰린 사람들에게.

돌아가는 택배 트럭은
짐칸이 텅 비어 있지만

돌아가는 상담 트럭은
감동으로 꽉 차 있습니다.

내 꿈은 행키

'행키'는 병원에서 거리로 나갈 준비를 하면서 내가 직접 지은 내 별명이다. 아이돌이 예명을 짓듯 나도 별명을 하나 만들고 싶었다. 사람들은 밍키, 통키, 양키는 들어봤는데 행키는 뭐냐고 했다. 누구는 강아지 이름 같다고 했다. 행키는 행복을 키우는 사람, 즉 '행복 키우미'의 준말이다. 나만 느끼는 건지는 모르겠지만, 행키는 '임재영 선생님'이라는 호칭보다 정겹기도 하다.

혹시나 해서 인터넷 검색창에 행키를 알파벳으로 'hanky'라고 쳐봤다니, 이게 웬일인가! 운명의 장난인 듯 그 단어는 손수건(handkerchief)의 준말이기도 했다. 그러니까 행키는 행복을 키우는 사람이자 마음 아픈 사람들의 눈물을 닦아주는 손수건 같은 존재다.

내가 행복을 키우는 사람, 즉 행키가 되고자 한 이유가 있다.

해마다 나라별 행복 지수가 발표되는데, 우리나라 국민의 행복 지수는 몇 년째 올라갈 기미가 안 보였다. 나라 전체를 우울증에 빠진 환자로 비유할 수 있을 정도였다. 정신과 의사로서 그런 우리나라의 현실이 안타까웠고, 더 이상 보고만 있어선 안 되겠다는 생각이 들었다.

우리나라 국민의 행복 증진을 위해 내가 할 수 있는 모든 일을 해보고 싶다. 여기엔 듣는 것(상담), 말하는 것(강연), 쓰는 것(집필)이 모두 포함된다. 다시 말해 나는 마음 아픈 사람들의 말을 들어주고, 마음 아픈 사람들에게 격려의 말을 전하고, 마음 아픈 사람들을 대상으로 희망의 글을 쓰고 싶다.

사실 행복을 키우는 일은 정상이 어딘지 알 수 없는, 끝이 없는 산행과 같다. 하지만 그래서 오히려 좋은 점도 있다. 삶이 끝나는 날까지 지속 가능한 꿈이기 때문이다. 내 꿈은 행키다.

다른 듯
다르지 않은 상담

많은 분들이 내가 상담을 어떻게 하는지 궁금해했다. 병원 밖
으로 나와 트럭을 타고 '찾아가는' 상담을 하니, 남다른 상담 방
식이나 비장의 스킬이 있을 거라고 기대할 법도 하다. 실망스럽겠
지만 전혀 그렇지 않다. 다른 점이 있다면 알다시피 트럭에서 한
다는 것, 무료로 한다는 것, 그리고 일회성 상담이라는 것이다.
물론 사람마다 개성이 있듯 정신과 의사도 개성에 따라 내담자
에게 풍기는 인상과 미치는 영향이 제각각 다르기는 하지만.

무료 상담을 시작한 이유는 자원봉사, 재능 기부를 하고 싶어
서였다. 자원봉사라고 하니 그럴싸하게 들리겠지만, 외롭고 막막
한 사람들의 고민을 들어주는 것뿐이다. 재능을 기부한다는 것
도 대단한 게 아니라 말을 잘 들어주는 내 능력을 쓰는 것뿐이
다. 누군가는 내 행보에 대해 '노블레스 오블리주'라는 말도 붙이

던데, 그건 아니다. 나는 신분이 높은 사람도, 많이 가진 사람도 아니기 때문이다. 나는 그저 의사이자 상대적으로 마음이 덜 아픈 사람으로서, 마음이 많이 아픈 이들의 이야기를 들어주고 그 마음을 알아주며 홀로 힘들게 숨겨온 마음의 고통을 함께 나누는 일을 한다. 어떤 때는 그 과정에서 오히려 내가 위로받을 때도 있으니, 두 사람이 만나 서로를 돕는다고 해야 맞다.

상담하러 오시는 분들은 대개 무언가를 손에 들고 트럭에 올라탄다. 대부분 커피나 차를 내게 건넨다. 상담하다 보면 목이 타고, 마음까지 타는 나로서는 그렇게 반가울 수가 없다. 때로는 간식을, 드물게는 한 끼를 포장해서 가져오기도 하신다. 정성스러운 선물이나 카드를 받기도 한다. 이런 뜻밖의 선물을 받고 나면 내가 도움을 드리는 건지, 도움을 받는 건지 헷갈린다. 이 모든 걸 설명할 수 있는 단어가 바로 '나눔'이다.

사실 '만남' 자체가 이미 나눔이다. 같은 시간, 같은 공간에서 두 사람이 만나는 건 시간과 공간을 나누는 것이니까. 나는 나의 시간과 에너지를 쓰고, 그(녀)는 그(녀)의 시간과 에너지를 쓰면서 우리는 공유하며 공존한다. 게다가 우리는 만나서 '고민'을 나눈다. 고민을 나누는 것은 마음을 나누는 것이다. 그것도 아무에게나 보여주지 않았던, 보여주지 못했던 속마음을. 내가 추구하는 상담은 이렇게 두 사람이 만나서 마음을 나누고, 그 과정에서 느껴지는 사랑을 나누는 것이다.

왜 일회성인지 궁금해하는 사람들이 많다. 상담을 정기적으로, 지속적으로 하면 그건 '치료'적 상담이다. 치료적 상담은 병원 같은 의료 기관이나 심리상담센터에서 이미 하고 있다. 치료를 하려면 그런 안전하고 안정적인 장소에서 하는 게 맞다. 반면 내가 하는 상담은 치료를 위한 것이 아니다. 나는 정신 질환의 예방과 조기 발견·조기 개입을 하려는 것이다. 내가 하고자 하는 이 일은 병원 안에서보다는 병원 밖에서, 거리에서 하는 것이 적합하다.

내가 정한 나의 임무는 '발판'이나 '징검다리'가 되는 것이다. 우선 마음 아픈 사람들이 보다 편하고 보다 쉽게 전문가를 만날 수 있는 기회를 제공한다. 부담이 적은 만남을 통해 마음 상태를 평가받고, 필요한 경우 전문적인 치료를 받을 수 있도록 연계하는 것이 내가 하고 있는 일이다. 그 과정에서 정신 질환이나 정신과 치료에 대한 올바른 정보를 제공한다. 그에 대한 오해를 풀어야 치료 동기가 생기기 때문이다. 딱 이 정도가 내가 하고 있는 트럭 상담이다.

어느 우울증 환자의
일기

잠에서 깬다. 몸을 일으키기는커녕 눈꺼풀을 들어 올리기도 버겁다. 눈 뜨기가 힘에 부쳐서 그냥 감은 채 있기로 한다. 깜깜하다. 아직 밤인 것 같다. 아직 밤이면 좋겠다. 아침이 싫다. 눈을 뜨면 눈이 부시기 때문이다. 그래서인지 눈만 뜨면 눈물이 난다.

아침이 오지 않았으면 좋겠다. 아침이 왔다는 건 하루가 다시 시작되었다는 말인데 나는 하루를 시작하고 싶지 않다. 시작과 동시에 고통을 느끼기 때문이다. 아픈데도 눈물을 참아야 하기 때문이다. 지금처럼 눈 감고 누워 있을 때가 편하다. 잠을 자고 있을 때는 더더욱 편하다. 하루 중 가장 행복한 때는 잠들기 직전이다. 어느 순간 절정의 행복감을 느끼고는 잠이 든다.

어떤 날엔 너무 빨리 잠들어버린다. 그럴 땐 아쉽기도 하고 허탈하기도 하다. 때로는 화가 나기도 한다. 깨어 있어야 하는 동안 느낀 고통의 시간에 비해 행복을 느끼는 시간, 즉 잠자리에 누위 잠들 때까지의 시간이 턱없이 짧기 때문이다. 하루 종일 버티고 또 버틴 것에 대한 보상이라기엔 어림도 없다. 그래서 너무 빨리 잠이 들어버리면 다음 날 잠에서 깨자마자 억울하다. 그런 날은 눈 뜨기가 더 싫어진다. 다시 눈을 떠봤자 좋은 일은 하나도 없으니까.

잠에서 깬 순간부터 고통이 시작된다. 눈을 떠야만 하는 현실과 계속 눈을 감고 있고 싶은 바람이 힘겨루기를 하기 때문이다. 하지만 눈만 감고 있는다고 마음이 편안해지는 것도 아니다. 이런 젠장! 눈을 뜨는 것도 문제고, 눈을 감고 있는 것도 문제다. 그렇다. 이게 다 잠에서 깼기 때문이다. 적어도 잠이 들었을 땐 이런 고민 따윈 하지 않아도 된다.

도대체 누가 날 깨웠나? 곤히 잠들어 있던 나에게, 고통을 잊고 있던 나에게 다시 고통을 안긴 건 무엇인가? 깨고 싶지 않아서 알람도 맞추지 않았는데, 암막 커튼도 꼭꼭 닫았는데, 나는 왜 깨어난 걸까? 난 잠에서 깨고 싶지 않다. 고통이 없는 유일한 시간을 계속 누리고 싶다. 깨어 있을 땐 숨 쉬는 것도 벅차서 숨이 찬다. 자고 있을 땐 숨 쉬는지도 모르고 숨을 쉰다. 그만큼 편안하다.

그 누구든, 그 무엇이든 날 깨우지 말라. 눈을 떠야 하나 말아야 하나 이런 고민조차 고통스럽다. 난 눈을 뜰 수도, 감을 수도 없다. 내가 왜 이런 푸념을 하고 있나? 제기랄, 잠이 깨서다. 머리가 아프다. 가슴이 답답하다. 숨이 막힌다. 다시 잠을 청해야겠다. 내게는 이것이 다시 시작하는 것이다. 눈부신 태양은 돈과 권력에 눈먼 사람들에게나 비춰라. 나 같은 놈은 감히 눈을 뜰 수가 없다. 눈부신 세상은 눈부시게 잘나신 분들에게나 보여줘라. 나 같은 놈은 도저히 눈을 뜰 수가 없다. 눈이 따갑고 시리기 때문이다. 눈을 뜨면 눈물이 나기 때문이다.

내가 상담하는 우울증 환자의 일기에서 가져온 글이다. 정신과 의사로서 나는 그에게 무슨 말을 어떻게 해줘야 할까? 산책을 하라고? 햇볕을 쬐라고? 생각을 긍정적으로 하라고? 그것도 아니면 마음을 독하게 먹어보라고? 정신력으로 이겨내라고? 그렇게 말했다간 그는 두 눈만 뜨기 싫어하는 게 아니라 두 귀마저 막아버리려 할 것이다.

나는 상담하러 오시는 분들의 말을 들을 때 종종 눈을 감는다. 상상을 하기 위해서다. 그가 되어보려고, 그의 마음을 느껴보려고 눈을 감는다. 잠깐 동안 내가 아닌 그가 된다. 눈을 감았는데도 눈이 시려온다. 눈을 감고 있는데도 눈꺼풀이 무겁게 느껴진다. 지금은 아침이고, 이곳은 그의 방이다. 이불을 덮고 누운 채 꼼짝도 하기 싫다. 몸과 마음이 땅으로 꺼지는 것 같다. 내겐 낯설지 않은 느낌이다.

다시 나로 돌아가기 위해 눈을 뜬다. 그리고 그를 다시 바라본다. 그도 내 얼굴을 바라본다. 그가 내 얼굴을 통해 자신의 고통을 바라볼 수 있다면, 우리는 공감에 성공한 것이다. 나의 마음이 그의 마음이 되었다면 된 것이다.

말이 안 통하는 사람과 생각을 나누기 어렵듯 마음이 안 통하는 사람과 감정을 나누긴 어렵다. 그래서 나는 상담을 할 때 감정을 나누려고 애를 쓰며 수시로 눈을 감는다. 가끔은 오해를 사기도 한다. '내 이야기가 지루해서 그러나?' 하는 오해. 그럴 땐 이렇게 설명한다.

"제가 눈을 감는 건, 공감을 더 잘하기 위해서예요."

표정은 감정을 말해준다. 하지만 말 한마디 없이 표정만으로 온전히 마음을 전달하기는 어렵다. 또한 표정을 잘못 읽어서 오해를 할 수도 있다. 그래서 나는 가끔 상대의 마음을 말로 물어본다. 내가 느끼는 감정이 그의 감정이 맞는지 확인할 필요가 있기 때문이다. 나는 지금 상대의 말을 듣고 우울감을 느끼는데 상대는 덤덤해 보이면, 주저하지 않고 이렇게 물어본다.

"지금 기분이 어떠세요? 어떤 감정을 느끼세요?"

다행히(?) "우울해요"라고 하면 일단 안심이다. 제대로 공감하고 있다는 확인을 받았기 때문이다. 하지만 "그냥 좋지도 나쁘지도 않아요"라고 말하면, 이 경우는 나 혼자 우울감을 느낀 것이다. 상대의 감정을 따라간 게 아니라 나 자신이 짜낸 감정 속에 있기에 감정의 리셋 버튼을 눌러야 한다. 드물긴 하지만, 나도 모르게 감정을 만들어내는 일이 있다.

단 마음이 통해야 말도 통하기에, 우선은 말을 최대한 아끼려고 노력한다. 말이 마음을 앞서가지 못하도록 해야 한다. 섣부르고 어설픈 말 한마디에 상대의 마음이 닫힐 수 있다. 그보다 더 심한 경우도 있다. 말 한마디에 상대의 마음이 다치는 것.

우울증 환자에게 "몸을 움직이세요! 더 노력하세요!"라고 말하는 건 안 그래도 아픈 상처를 후벼 파는 짓이다. 그랬다간 결국 그의 마음은 아무도 들어갈 수 없고, 아무도 들이기를 거부하는 감옥이 된다. 누군가가 또 상처를 건드릴까 봐 자신을 보호한다는 것이 결국엔 스스로를 가두는 격이 되고 만다.

앞에서 던진 '정신과 의사로서 나는 그에게 무슨 말을 어떻게 해줘야 할까?'라는 질문부터 바꿀 필요가 있다. 굳이 꼭 어떤 말을 해주지 않아도 괜찮다. 기계적인 말을 하느니, 가슴이 없는 로봇이나 할 말을 하느니 차라리 안 하는 게 낫다. 입을 여는 대신 귀를 여는 게 낫고, 마음을 여는 게 더 낫다.

오늘은 폭염 특보가 내려졌다. 상담 시간이 1시부터라 12시에 도착해 주차할 곳을 찾았다. 이번에도 노상 공영 주차장으로 정하고 좋은 자리를 찾아 헤맸다. 나무 그늘이 드리워진 공간을 발견하고 잽싸게 주차했다. 주차 관리인이 오시더니 얼마나 있을지 물어보셨다. 저녁 7시 넘어서야 나갈 것 같다고 말씀드리니 일일 주차비를 선납하라고 하셨다. 주차비를 내고 나니 쫓겨날 일은 없을 것 같아 마음이 놓였다.

　다음 과제는 전기 빌리기. 먼저 가장 가까운 노상 매점에 가봤다. 주인아주머니에게 최대한 정중하게 자기소개를 하고, 아주 조심스럽게 부탁을 드렸다.

　"저기 차 보이시죠? 제가 정신과 의사인데 상담 봉사하러 나왔습니다. 저 차가 제 상담 트럭이에요. 오늘 날씨가 너무 더워서 에어컨을 좀 틀고 싶은데 혹시 전기 좀 빌려 쓸 수 있을까요?"

아주머니는 안타까운 표정을 지으며 말씀하셨다.

"죄송하지만 우리도 전기가 부족해서 에어컨 못 켜고 일하고 있어요."

나도 덩달아 죄송했다. 깍듯이 인사를 드리고 나와서 다시 가까이에 있는 화장품 가게로 들어갔다. 이번에도 최대한 예의를 갖춰서 부탁을 드렸다. 그러자 이런 답변이 돌아왔다.

"예전에도 전기를 빌려드린 적이 있었는데, 그때 전기세가 너무 많이 나와서 그 뒤로는 사장님이 못 하게 하세요. 저는 매니저라서 사장님 허락 없이 도와드리기 어려워요."

그녀도 역시 안타까운 표정으로 미안해했다. 아쉽긴 하지만 씩씩하게 인사를 하고 나와서, 다음으로 운동화 가게에 들어갔다. 알바생들로 보이는 청년 셋이 나를 약간 경계하는 듯한, 약간 귀찮아하는 듯한 표정을 지었다. 부탁하려고 가게에 들어온 나의 의도를 읽은 듯했다. "안녕하세요. 저는 상담 트럭을 몰고 다니는 정신과 의사인데요……." 소개가 끝나기도 전에 셋 다 시선을 딴 데로 돌렸다. 그럼에도 꿋꿋하게 사정을 이야기했지만, "안 됩니다"라는 짧고 싸늘한 대답만 돌아왔다.

후덥지근한 한여름 공기 때문인지 숨이 턱 막혀왔다. 이제 전기를 빌릴 수 있는 거리에 있는 곳은 단 한 군데, 주차 관리 간이 부스뿐이었다. 하지만 예전에 주차장에서 쫓겨났던 기억이 떠올라 선뜻 주차 관리인에게 다가가지 못했다. 머뭇거리는 나 자신을 보고 있자니 안쓰럽기도 했지만 못마땅하기도 했다.

'까짓 거 부딪혀봐! 그 관리인이랑 여기 관리인은 다른 사람이 잖아!'

용기를 짜내어 나름 비장하게 간이 부스로 발걸음을 옮겼다. 무슨 영문인지 모르는 주차 관리인에게 역시나 자기소개를 하고 간절하게 부탁을 드렸다.

"이제 곧 상담을 시작해야 해서 다른 곳은 더 알아볼 수도 없습니다. 전기 좀 빌려주세요."

그러자 인상 좋은 그분이 말씀하셨다.

"7시까지만 쓸 수 있는데 괜찮아요? 그런데 릴선 있어요?"

냉탕에 몸을 담근 듯 가슴이 뻥 뚫렸다. 소름이 돋을 정도였다. 얼른 트럭으로 달려가서 릴선을 꺼냈다. 릴선을 풀어가면서 부스를 향해 다가갔다. 그런데 이게 무슨 일인가? 부스를 2미터 정도 앞에 두고 30미터짜리 릴선이 멈추고 말았다. 순간 내 방에 있는 멀티탭이 생각났다. 그거라도 준비했더라면. 어디 가서 멀티탭을 얼른 사 올까 생각도 했으나 상담 시작 시간 겨우 몇 분 전이었다. '오늘은 이 찜통더위에 에어컨도 못 켜고 상담을 해야 하나. 트럭 안이 대형 찜통이 되겠네.'

그때 누가 "선생님!" 하고 불렀다. 주차 관리인이었다. 무슨 손짓을 하셨는데, 부스 쪽으로 상담 트럭을 옮기라는 뜻 같았다. 내가 이해한 대로 트럭을 부스 쪽으로 몰고 가니, 정장 차림의 젊은 남성이 부스 바로 옆에 있는 차 문을 열었다. 알고 보니 관리인께서 일부러 차주에게 전화를 걸어 차를 빼달라고 부탁을 하

신 거였다. 덕분에 나는 부스 바로 곁에 트럭을 대고는 릴선을 연
결할 수 있었다.

  그날 상담 트럭을 찾은 분들은 시원한 환경에서 상담을 받으
실 수 있었다.

상담 트럭을 주차했다. 차가 밀리는 바람에 상담 시간에서 20분밖에 안 남은 상태였다. 아침을 못 먹어서 허기가 느껴졌다. 쉬지 않고 몇 시간 동안 상담을 해야 해서 무엇이든 서둘러 먹어야 할 판이었다. 재빨리 지도 앱으로 편의점을 검색해보니 운 좋게도 가까운 곳에 있었다. 급히 달려가 김밥 한 줄과 음료를 샀다. 트럭으로 걸어가면서 허기진 배를 허겁지겁 채웠다. 목이 메여 음료수도 벌컥벌컥 들이켜면서.

급하게 상담 준비를 시작했다. 소파와 테이블 정리를 하고, 각 티슈를 제자리에 놓았다. 그런데 아뿔싸, 각티슈 통이 비어 있었다. 저번 상담 마치고서 새것을 사야지 생각했건만. 편의점에 다시 가는 건 시간이 허락하지 않았다. 예약 시간을 어기는 건 스스로 용납할 수 없었다. 하지만 티슈 없는 상담은 맥주 없는 치킨과 같다. 이러지도 저러지도 못할 아주 난감한 상황이었다. 마음 아픈 사람들의 눈물을 닦아주겠다는 '행키'에게는 재앙과도 같은 일이었다.

하지만 어쩌겠는가? 할 수 없는 일은 할 수 없는 대로 그냥 받아들이는 것이 상책이다. 대신 실수를 만회하기로 결심했다. 평소보다 더 성심성의껏 상담을 해드리기로 마음먹었다. 약속 시각보다 3분 빨리 첫 번째 예약자가 오셨다. 나도 모르게 그분의 인상을 유심히 살폈다. 상담을 받다가 울 것인지 안 울 것인지를 짐작하기 위해서였다. 그런 어이없는 짓을 하는 나 자신이 어처구니가 없었다. 그동안의 경험으로 미루어보면 상담을 받다 눈물 흘리는 사람의 비율은 열 명 중 아홉 명꼴이다. 상담 트럭에 올라타자마자 눈물을 글썽이는 사람도 꽤 많다. 이 사실을 누구보다 잘 아는 '인간 손수건' 행키가 내담자가 눈물을 흘릴까 봐 걱정을 하고 있다니…….

마음을 가다듬고 본격적으로 상담을 시작했다. 그날따라 유난히 내담자의 눈망울에 신경이 쓰였다. 눈물이 글썽글썽할 때마다 마음이 조마조마했다. 그런 고문을 당할 거라고는 상상도 못 했다. 평소엔 내담자가 눈물을 흘릴 타이밍에 울지 않으면 불안해졌는데, 그날은 정반대였다. 울지 않길 바라다 못해 아예 눈물샘을 막아버리고 싶은 마음이었다. 마침내 내담자의 눈에서 눈물 한 방울이 떨어졌다. 그리고 또 한 방울. 하지만 손수건은커녕 휴지 한 장 내밀지 못하는 현실. 맨손으로 눈물을 훔치는 모습을 보니 미안한 마음이 극에 달했다. 죄송하다는 말만 겨우 건넸다. 눈물을 어느 정도 쏟은 뒤 드디어 진정이 되는 듯 보였지만 금방 다시 눈물을 쏟았다. 정말 미칠 지경이었다. 눈물 범벅이 된 얼굴을 볼 수가 없어 고개를 떨구어야 했다.

첫 번째 내담자뿐만이 아니었다. 다음 내담자, 그다음 내담자, 그리고 마지막 내담자까지 울었다. 무릎 꿇고 맨손으로라도 눈물을 받아내야 할 것만 같았다. 정신없이 상담을 마치고 시계를 보니 무려 일곱 시간 30분이 흐른 상태였다. 시간이 그렇게 빨리 흘러간 줄 몰랐다. 그제야 긴장이 풀렸다. 저절로 깊은 한숨이 뿜어져 나왔다. 그날따라 집으로 돌아가는 길이 멀게만 느껴졌다. 뭐라고 설명할 수 없는 감정이 북받쳤다. 금방이라도 눈물이 쏟아질 것 같았다.

하지만, 휴지가 없었다. 망할 휴지가…….

낯선 곳, 정든 밤,
눈물 젖은 빵

　지금은 새벽 4시. 여기는 전라도 광주다. 어제 저녁에 광주에
서 고민 상담을 했다. 트럭 상담은 아니고 이렇게 가끔 지방에서
장소를 대관하여 고민을 나누기도 한다. 대구와 부산에 이어 세
번째 지방 출장이다. 충분히 자고 싶었는데 잠자리가 바뀌어서
인지 너무 일찍 깨버렸다. 이유는 또 하나 더 있다. 어젯밤 잠들
기 전에 내 마음은 약간 흥분 상태였다. 아니 가슴이 벅찰 정도
로 꽤 흥분했었다. 예상치 못한 경험을 했기 때문이다.

　어젯밤 마지막 상담을 마치고 나니 10시에 가까웠다. 상담을
마친 40대 초반의 남성 내담자가 걱정스레 물었다.
　"그런데 오늘 어디서 주무세요?"
　"근처 찜질방 같은 곳에서 하루 묵을 계획입니다."
　그러자 그가 말했다.

"제가 이 동네를 좀 아는데 근방에 찜질방은 없어요. 여기서 멀지 않은 곳에 있는 괜찮은 숙소를 아는데, 제가 거기까지 태워 드릴게요."

예상치 못한 제안이었고, 당황스럽고 좀 부담스럽기도 해서 얼른 말했다.

"괜찮습니다. 위치를 알려주시면 제가 검색해서 버스 타고 가면 됩니다."

하지만 그는 괜찮다고, 집으로 가는 방향도 그쪽이니 같이 타고 가자고 하셨다.

신세 안 지고 혼자 가고 싶었지만, 또 한 번 뺐다간 그의 호의를 무시하는 것처럼 보일까 봐 감사히 따르기로 했다. 승용차에 올라타니 이제 드디어 하루 일과가 끝났구나, 하는 깊은 안도감이 느껴졌다. 숙소가 멀지 않은 곳에 있다고 하니 곧 푹 쉴 수 있겠구나 하는 마음에 긴장도 미리 풀려버렸다.

그런데 이게 웬일인가? 이제 다 왔겠지, 곧 도착하겠지, 하며 가방을 들었다 놨다 몇 번을 반복해도 차는 멈출 생각을 하지 않았다. 목적지를 전혀 알 수 없는 어딘가를 향해 계속 달리고 있었다.

'혹시 날 어디론가 끌고 가는 건 아니겠지?'

이런 생각이 들자 갑자기 정신이 번쩍 들었다. 나도 모르게 침이 꼴딱 넘어갔다. 겁먹을 일도 아닌데 겁먹은 걸 들킬까 봐 헛기침을 하고는, 태연한 척 이렇게 물었다.

"지금 우리가 어느 방향으로 가는 건가요?"

"○○ 지구로 갑니다. 그쪽 숙소를 잡으시는 게 내일 서울에 올라가기에도 좋을 거예요."

생소한 지명이라 제대로 귀에 들어오지 않았다. 되물어볼까 잠깐 고민했지만, 어차피 모르는 곳일 테고 또 듣고 나서 거길 검색해보는 것도 우스울 것 같았다.

"아, 그렇군요. 감사합니다."

그렇게 말하고는 애써 침착해지려 했지만 마음대로 되지 않았다. 슬그머니 아내와 아이들 얼굴까지 떠올랐다. 얼마쯤 가자 표지판이 하나 나왔다. '김대중 컨벤션센터'. 아는 이름을 보자 얼마나 반갑던지 나도 모르게 와! 하고 소리를 지를 뻔했다. 왠지 예전에 한번 와본 것 같은 느낌마저 들었다. 그 뒤로도 한참을 더 달리고 나서야 차가 멈췄다.

도착한 곳은 다름 아닌 유흥가였다. 휘황찬란한 네온사인들을 보니 알 수 없는 반가움과 설렘마저 느껴졌다. 잠깐 넋을 잃고 차창 밖 풍경을 휘둥그레 살피고 있는데, 올해의 친절상을 수상한 투어 가이드 같은 목소리로 그가 말했다.

"여기서 숙소 잡으시고, 저기서 내일 버스 타시면 됩니다."

그런데 또 한 번 예상치 못한 일이 벌어졌다. 멈췄던 차가, 아니 멈춘 줄 알았던 차가 다시 움직이더니 한 숙박업소 주차장으로 들어가는 것이었다. 거기서 끝이 아니었다. 그는 내게 방을 잡아주겠다고 했다. 그건 숙박비를 자신이 지불하겠다는 뜻이었다. 아무리

거절을 해도 기어코 그러고 싶다고, 거의 부탁조로 말했다.

어쩔 줄 몰라 하다 나는 결국 그의 호의를 받아들이기로 했다. 어느새 내 오른쪽 손바닥엔 방 키가 쥐여져 있었다. 게다가 내 왼손에는 광주에서 유명하다는 빵집 봉투가 쥐여져 있었다. 이 모든 게 순식간에 벌어져서 마치 그가 마술을 부린 것 같았다.

어리둥절한 상태에서 급히 인사를 하고 숙소 입구로 뛰어 들어갔다. 도망가듯 보였을지도 모른다. 그러지 않으면 그가 또 생각지도 못한 것을 줄 것만 같았다. 건물 안으로 들어가서야 멈춰서 뒤돌아봤다. 그는 어서 들어가라는 손짓을 하고 있었다. 그제야 제대로 인사를 하고 싶어 다시 밖으로 나와 그에게로 다가가서 말했다.

"오늘 여러모로 감사했습니다. 앞으로 계속 마음 아픈 사람들을 돕겠습니다."

앞의 말은 감사 인사였지만, 뒤의 말은 약속이었다. 나도 모르게 약속의 말이 튀어나왔다.

"감사합니다. 계속 힘든 사람들을 도와주세요!"

그가 말했다.

방문을 열고 방으로 들어가서, 그가 준 빵을 입안에 가득 우겨넣은 채 다시 한 번 그 약속을 되뇌었다. 눈물이 뺨을 타고 입술로 흘러내렸다. 빵의 달달한 맛에 짠맛이 더해졌다. 그런 채로 나도 모르게 잠이 들어버렸다. 흥분이 채 가시기도 전에 낯선 곳, 낯선 밤에 정이 든 채로.

도와드리지 못해
죄송합니다

언제부턴가 '제발'이라는 단어가 들어간 제목의 메일을 거의 매일 받는다. '제발 우리 남편 좀 치료해주세요', '제발 우리 딸을 살려주세요'……. 병원에 있을 때도 환자 가족들이 간절한 목소리로 "선생님 제발……"이라고 말했었다. 그래서인지 오히려 제발이라는 말은 아무리 들어도 익숙해지지가 않는다.

그러니 메일함을 확인하기가 부담스럽다. 로그인하는 순간부터 마음이 무거워지기 시작한다. 또 얼마나 많은 사람들이 내 도움을 애타게 바라고 있을까? 내가 도와주길 기다리는 마음 아픈 사람들이 얼마나 많을까? 방송에 나가고부터 시작된 일이다. 방송에 나간 지 1년이 지났건만 여전히 메일은 쌓여가고 있다. 내 두려움도 쌓여만 간다.

지인으로부터 메일을 확인해달라는 문자메시지를 받아서 어쩔 수 없이 메일함을 연다. 두려워도 확인할 수밖에 없다. 20여 통의 메일 제목 중 하나가 유난히 눈에 띈다. '임재영 선생님, 제발 우리 가족을 살려주세요'. 거기 붙잡혀버린 시선을 억지로 떼고는 지인의 메일만 확인하고 답장을 보낸다. 내가 꼭 해야 할 일은 여기까지다. 그런데도 마음이 무겁다. 해야 할 일을 다 하지 않은 것처럼 기분이 찝찝하다. 두려워서 피하긴 했지만 피했다는 것만으로도 괴롭다. 누군가의 아픔을 외면했다는 생각에.

오늘 처음 있는 일이 아니다. 해야 할 일을 미루고 있는 것만 같은 이 꺼림칙한 기분, 더 급하게 해야 할 일은 놔두고 덜 급한 일만 처리한 듯한 이 불편한 기분. 봤으면서 못 본 척하고 알면서 모른 척하는 현실 회피는 괴롭다. 자신을 속여야 하는 일이기 때문이다. 확인하지 않는 메일들이 쌓일수록 내 마음의 짐도 쌓인다. 미루고 또 미뤄서 이제 손댈 엄두조차 안 나는 방학 숙제 같다. 그래서 차라리 눈을 감아버린다. 어떻게든 슬쩍 넘어가보려고. 그럴수록 자신이 점점 더 못마땅해진다.

초반엔 이러지 않았다. 눈을 감지도, 고개를 돌리지도 않았다. 눈을 부릅뜨고 아픈 사연들을 꼼꼼히 읽었다. 그들의 마음을 그대로 전달받았고 나의 마음을 그대로 전달했다. 안타까운 사연 속에 고통받고 있는 목소리가 생생히 들렸다. 아파하는 그들의 목소리에 귀를 기울였고, 기꺼이 그들의 아픔을 끌어안았다. 그땐 그랬다. 그럴 수 있었다. 그때는 내 마음에 여유가 있었기 때문이다.

사연을 읽으면 내 마음도 아파온다. 나도 따라 억울해하고, 나도 따라 분노한다. 나도 같이 슬퍼하고, 나도 같이 절망한다. 죽고 싶다는 사연을 볼 때도 마찬가지다. 감정이입이 되어 그의 마음이 내 마음이 되고, 그녀의 마음이 내 마음이 된다. 그런 일이 반복되다 보니 내 마음은 날이 갈수록 지쳐갔다. 매일매일 여러 통의 상담 요청 메일을 읽는 게 버겁게 느껴지기 시작했다. 매일매일 여러 명의 아픈 사연을 듣는 게 점점 더 고통스러워졌다.

힘든 사연을 힘들게 읽었는데도 막상 내가 할 수 있는 일이 아무것도 없을 땐 허탈감을 느꼈다. 도울 방도가 떠오르지 않아 무력감을 느껴야 했다. 하지만 그 또한 내가 감당해야 했다. 경제적인 어려움을 이야기할 땐 더욱 그랬다. 돈만 있으면 어느 정도 호전될 것 같은데 그렇다고 돈을 드릴 순 없는 노릇이었다. 그럴 땐 어떻게 답장을 써야 할지 몰라 늘 난감했다. 결국 답장을 쓰지 못하는 메일이 하나둘 늘어만 갔다.

꺼내기 힘든 이야기를 어렵게 글로 적어주셨는데, 많은 시간과 에너지를 쏟아 사연을 썼을 텐데, 무슨 말을 어떻게 해야 할지도 모르는 나 자신이 부끄러웠다. 더불어 나의 도움을 기대했던 그들에게 죄책감을 느꼈다. 그 수치심과 죄책감을 어떻게든 견뎌보려 했지만, 어느 순간부터 더 이상 그럴 수 없는 지경이 되고 말았다. 그때부터 답장을 전혀 쓰지 못했다. 시간이 없어서가 아니라 여유가 없어서, 마음이 지칠 대로 지쳐서.

나는 점점 더 지쳐가는데 그들의 고통은 멈추질 않았다. 밤이건 새벽이건, 주말이건 평일이건 때를 가리지 않고 그들의 고통은 내 메일 수신함에 차곡차곡 쌓여갔다. 메일뿐이 아니었다. 쪽지와 댓글, 메신저와 앱을 통해 여기저기서 수많은 고통이 날아왔다. 전국 각지로부터 도움 요청이 쏟아졌다. 정신건강복지센터로 걸려오는 문의 전화도 늘어가고, 지인들을 통한 상담 부탁도 늘어갔다. 급기야 나는 감당이 안 되는 사연들과 고통들에 파묻혀버리고 말았다. 내가 고통스러워지자 그 누구의 고통도 안을 수가 없게 되었다. 마음의 여유가 바닥나자 내 바닥을 볼 수 있었다.

고통을 나누고 싶다고, 함께 아픔을 나누겠다고 분명 내 입으로 말했다. 다른 누가 시켜서가 아니라 내 가슴이 시켜서 한 말이었다. 그런데 더 이상 감당이 안 됐다. 내 한계는 생각보다 훨씬 빨리 찾아오고 말았다. 처음부터 불가능한 일에 도전을 했다. 무모한 도전을 시작한 게 잘못이었다. 모두 도와주지도 못할 거면서 그럴 것처럼 말한 게 잘못이었다. 마음 아픈 사람들에게 잠깐이나마 희망을 안겼는지 모르지만, 결국엔 더 큰 실망을 떠안도록 만들었다. 그게 가장 큰 내 잘못이었다.

내 마음의 그릇은 턱없이 좁디좁았고, 턱없이 얕디얕았다. 그 많은 사람들의 눈물을 담기엔 어림도 없었다. 결국엔 얼마 담지도 못하고 넘치고 말았다. 넘치기 전까지는 내 한계가 보이지 않았지만, 넘치자마자 내 한계가 여실히 드러났다. 그때부터 문제가 생기기 시작했다. 로그인을 하는 것조차 피하더니, 핸드폰으로 걸려오는 전화마저 피하기 시작했다. 메일을 꼭 확인해야 하는 상황이 아니면 메일에 접속조차 하지 않았다. 저장되어 있지 않은 번호가 뜨면 아예 받질 않았다. 때로는 저장되어 있는 번호가 떠도 피했다. 집에 들어오자마자 핸드폰을 무음으로 바꿔버렸다. 다음 날 아침에 집을 나설 때까지 핸드폰은 쳐다보지도 않았다.

누가 봐도 문제였다. 증상에 가까운 문제였다. 피하는 건 해결책이 아니다. 그런데도 고개를 땅에 처박고 있는 타조처럼 수개월을 보냈다. 어떻게든 이리저리 피하면서 살았다. 행복을 키우겠다던 '행키'는 자신부터가 행복은커녕 실망감과 좌절감만 키워갔다. 겁 없이 덤벼들었던 '행키'는 어느새 겁먹은 강아지처럼 꼬리를 내리고 자세를 낮춘 꼴이 돼버렸다. 결코 보고 싶지 않던, 상상조차 하기 싫었던 내 모습이었다.

만약 이렇게만 지냈더라면 분명 마음에 병이 났을 것이다. 나는 이것밖에 안 되는 놈이라고 자기 비하를 하며 나 자신을 위해 아무것도 하지 않았더라면 분명 그렇게 됐을 것이다. 하지만 나는 숨이 막힐 것 같은 상황에서 수시로 산소 호흡기를 입에 갖다 댔다. 쓰러질 것 같은 상태에서 틈틈이 지팡이를 손에 쥐었다. 지쳐가고 있었지만 멈추지 않고 나 자신을 돌봤다. 아무리 힘들어도 상담을 쉰 날은 거의 없었다. 상담이 내겐 산소 호흡기고, 지팡이였다. 상담 트럭과 센터에서, 때로는 스터디룸에서 마음 아픈 사람들을 지속적으로 만났다. 지인들에게 부탁받은 상담도 꾸준히 했다. 다른 건 몰라도 직접 만나 마음을 마주하며 아픔을 나누는 일은 '행키'를 지켜내게 하는 힘이 되었다. 기꺼이 아픔을 함께 나눠준 그들이 '행키'를 버틸 수 있게 하는 응원이었다.

힘들어도 해야 할 일을 했다는 사실이 이 일을 계속하게 해주었다. 지치긴 했지만 내가 할 수 있는 만큼은 하고 있다는 사실이 이 일을 계속할 수 있게 해줄 것이다. 그리고 나 혼자가 아닌, 우리가 함께 이 일을 하게 된다면 더 많은 사람들이 위로와 격려를 받게 될 것이다. 그런 날이 반드시 올 거라고 믿는다.

오늘도 나는 메일을 받았다. 그리고 오늘도 상담을 했다. 내일도 메일을 받을 것이다. 그리고 내일도 상담을 할 것이다. 하지만, 도와준 사람들보다 도와주지 못한 사람들이 훨씬 더 많다는 걸 잘 안다. 그들에게 말하고 싶다.

답장드리지 못해 죄송합니다.
도와드리지 못해 죄송합니다.

불법 의료 행위?

　혼자서는 더 이상 감당이 안 된다고 느끼던 차에, 동업(?)을 제 안한 SNS 친구들이 있었다. 무료 상담을 유료화해서 누구에게 든 부담이 안 되는 소액의 상담료만 받으며 함께 마음 아픈 사람 들을 돕자고 했다. 함께하자는 말은 반가웠지만, 돈을 받자는 말 은 선뜻 받아들이기가 어려워 정중히 거절했다.

　매일 쉬지 않고 밀려드는 상담 요청은 이미 쌓일 대로 쌓여 있 었다. 내겐 돌파구가 절실했다. 이동 시간이라도 아낄 수 있다면 두세 명은 더 상담할 수 있겠단 생각이 들었다. 그러다 화상 채 팅이 떠올랐다. 실제 얼굴을 마주 보고 하는 상담과는 비교할 수 없겠지만 그래도 메일이나 메시지, 전화 통화보단 나을 것이다. 화상 상담이야말로 대면 상담을 대체할 수 있는 유일한 수단이 라고 생각했다. 그러던 중 때마침 지인이 무료 화상 상담을 같이 해보자고 제안했다. 준비는 다 알아서 할 테니 가능한 시간에 상담만 해주면 된다고 했다.

　너무 기쁜 나머지 SNS에 이 소식을 알렸다. 이틀 뒤 보건소로 부터 연락이 왔다. 누가 그 글을 보고 보건소에 민원을 넣었단 다. 전화를 끊고 즉시 SNS에 이런 글을 올렸다.

저는 환자들을 진료하는 것이 아닙니다.

말할 데 없는 사람들의 고민을 듣고 있습니다.

시간이 갈수록 도와달라고 하시는 분들이 늘고 있습니다.

제주도, 전라도 할 것 없이 전국 각지에서 안타까운 사연을 보내주십 니다.

하지만 제 몸은 하나고, 세 시간도 제한되어 있다 보니 거의 대부분 거절할 수밖에 없습니다.

안타깝고 죄송스럽습니다. 쌓여가는 숙제처럼 느낄 정도로 마음이 무겁습니다.

해결할 방법이 없을까 고민하던 차에 지인으로부터 제안을 받았습 니다.

사회사업을 계획하고 있는데 무료 화상 상담을 도와달라는 것이었 습니다.

멀리 계셔서 그동안 도와드리지 못한 분들을 도울 수 있을 것 같아서 흔쾌히 수락했습니다.

재능 기부 차원에서 이제껏 무료 상담을 해왔기 때문에 망설일 이유 가 없었습니다.

그래서 반가운 마음에 제 SNS에 그 소식을 전했습니다.

"어쩌면 화상 상담을 할지도 모르겠다"고 말입니다.

그런데 그 글을 보신 어느 분이 제가 불법 의료 행위를 하려 한다고 민원을 제기하셨습니다.

문제를 일으킨 당사자로서 이 자리에서 해명하는 바입니다.

화상 상담은 하지 않겠다고 약속합니다.

불법(?)을 저지르면서 봉사를 한다고 말할 수는 없습니다.

많은 분들에게 심려를 끼쳐드려 죄송합니다.

나도 이런 글을 올리게 될 줄은 몰랐다. 이런 일로 민원이 들어올 줄도 몰랐다. 내가 무료로 화상 상담을 하면 누군가가 손해나 피해를 본다고 생각하는 것 같았다. 그 누구는 아마도 상담 일을 하는 사람일 것이고.

이런 일을 겪고 보니 계속 돈키호테처럼 살다가는 큰코다치겠다는 생각이 번뜩 들었다. '정신 나간' 정신과 의사이지만 수시로 정신을 챙겨야 할 것 같다. 그렇다고 해서 '정신 차린' 정신과 의사가 되고 싶진 않다. 그러면 더 이상 상담 트럭을 몰고 다니지 못할 테니까.

상담 트럭에서 종종 듣는 말이 있다.

"제 이야기 비밀 보장 되는 거죠?"

이 질문은 확인이기도 하고 요구이기도 하다. 이런 말들도 듣는다.

"강의할 때 제 고민은 이야기 안 하실 거죠?"

"책에 제 이야기 쓰시는 거 아니죠?"

정신과 의사를 비롯해 상담하는 사람들에게 목숨과도 같은 것이 바로 '비밀 보장'이다. 상담하는 사람들은 비밀 보장이 몸에 배어 있다시피 하다. 그러니 나의 대답은 항상 이렇다.

"그럴 일 없으니 걱정 마세요."

한 번도 보여주지 않은 속마음을, 누구에게도 말하지 못한 속사정을 꺼내놓으려면 먼저 어마어마한 두려움을 이겨내야 한다.

혹 남들에게 알려질까 봐, 이해받지 못할까 봐, 이상하게 보일까 봐, 비난이나 질책을 들을까 봐, 더 힘들어질까 봐 등등 많은 두려움이 동반된다. 이러니 입을 열기가 얼마나 힘들겠는가? 상담을 받겠다고 마음먹고 상담 트럭에 올라탄 뒤에도 두려움을 극복하기란 생각만큼 쉽지 않다.

그 두려움을 잘 알기에 나는 이런 말을 건넨다.

"어디서부터 어떻게 이야기해야 할지 막막할 수 있어요. 떠오르는 이야기부터 시작하시면 제가 따라갈게요. 이해가 잘 안 가면 그때그때 질문도 하면서요."

그러면 표정이 한결 편안해지고 긴장이 풀린다.

"하고 싶은 이야기를 하고 싶은 만큼 한다고 생각하시면 됩니다."

"할 수 있는 이야기를 할 수 있는 만큼 한다고 생각하세요."

그렇게 덧붙이면 마음의 창은 조금 더 열린다.

처음엔 딱 열린 틈만큼의 이야기가 나오다가, 차차 마음의 창이 조금씩 더 열리게 된다. 속 이야기가 나오면서 창문을 조금씩 더 밀어내기 때문이다. 마음이 점점 더 열리는 만큼 이야기도 점점 더 커지고 무거워진다. 이 과정이 순조롭게 진행되기 위해 필요한 게 있다. 힘들고 아픈 이야기를 듣는 내 마음도 충분히 열려 있어야 한다. 그분이 어렵게 꺼내놓은 이야기를 내 마음으로 온전히 받아야 하기 때문이다. 충분히 받아들이고 공감할 만큼 내 마음이 열려 있지 않으면, 그분의 이야기는 내 마음의 창틀에 걸려버린다. 내 마음속으로 들어오지 못하고 튕겨 나가버린다.

내 마음의 창을 여는 방법을 보다 명확하게 설명한다면, 상대의 마음을 추측하거나 평가하기를 최대한 자제하는 것이다. 추측은 흰 도화지에 미리 밑그림을 그려놓는 것과 같아서 상대의 마음속 그림을 옮기는 데 방해가 된다. 밑그림을 먼저 그려버리면 거기에 맞게 상대의 마음을 끼워 맞추게 되고 만다. 또한 상대의 그림에 대해 '선이 삐뚤다', '원이 찌그러졌다'라며 지적이나 평가하는 행위는 상대를 눈치 보게 만든다. 당연히 상대의 창문은 열리다 만다. 그래서 나는 평가는 최대한 후반부로 미룬다. 그 전까지는 '나는 아무것도 모른다', '당신을 알고 이해하고 공감하고 싶다'는 태도로 최대한 마음을 활짝 열어놓기만 한다.

상담 트럭을 찾은 분들은 비교적 짧은 시간 안에 깊이 있는 이야기를 꺼내놓았다. 처음에는 내게 조금 가벼운 이야기를 하나둘 던져보다가, 걸림 없이 잘 들어간다고 느끼면 점점 더 무겁고 어려운 이야기로 넘어간다. 그렇게 상담이 막힘없이 진행되다가 어느새 마칠 시간이 되면 대부분 놀란다.

"제가 이런 이야기까지 할 줄은 몰랐어요."

"오면서 분명 딱 여기까지만 이야기해야지 마음먹었는데."

"선생님, 선생님한테 평생 처음 이야기한 겁니다."

나는 그분들과의 약속을 지켜야 한다. 책을 쓰고 있는 지금도,

그리고 앞으로도 죽을 때까지 평생 비밀을 지켜야 한다. 그렇다고 해서 이 책에 상담 사례가 등장하지 않는 것은 아니다. 적당히 각색해서 마음 아픈 사람들의 이야기를 전할 것이다. 다시 한번 말하지만 이 책에 등장하는 모든 사례는 실화를 바탕으로 한 허구다. 그래야만 한다. 그것이 어렵게 속 이야기를 꺼내준 분들에 대한 예의이자 그분들과의 약속을 지키는 길이니까.

3장

인생이 적성에 안 맞는걸요

그게 말로 표현이 됩니까?
뭐라고 설명해야 할지 알 수 있습니까?

말로 못 하는 말도 있습니다.
말의 한계 때문이든
말하려는 사람의 한계 때문이든
그럴 때가 있습니다.

말로 표현이 안 될 때는
어떻게 하면 좋을까요?

그럴 땐 아무 말도 하지 마세요.
억지로 말을 만들려고 하지 마세요.

침묵은 말이 없는 상태가 아닙니다.
소리가 없는 상태입니다.

말을 안 하는 것도
일종의 말하기입니다.

오랜만에 비가 온다. 비 내리는 날 상담 트럭에서 상담을 하면 맑은 날에는 듣지 못한 소리를 듣게 된다. 하늘에서 빗방울이 떨어지는 소리. 빗방울이 툭 툭 투투툭 상담 트럭을 노크하는 소리. 비 내리는 날 트럭에서 상담을 하면 엄마의 심장 소리를 듣는 것처럼 마음이 차분해진다. 오늘의 첫 인연을 기다리는 동안 그리웠던 빗소리에 귀를 기울여본다.

"아이고, 비가 그칠 생각을 안 하네!"

우산을 쓴 할머니 한 분이 상담 트럭 문을 노크하며 이렇게 말씀하셨다. 비 오는 날 여기까지 와주신 게 감사하고 죄송해서 벌떡 일어나 할머니를 맞이했다. 트럭에 올라타시기 수월하도록 손을 쭉 뻗어서 할머니 손을 조심스레 당겼다. 체구가 작으셔서 쏙 딸려 왔다. 어떤 고민 때문에 비 오는 날 여기까지 오셨을까,

얼굴을 살폈다. 겉으로 봐서는 그리 슬퍼 보이지도, 우울해 보이지도 않았다.

"할머니! 어떤 고민 때문에 오셨어요?"

할머니 눈동자가 흔들렸다. 이어서 표정이 어두워졌다. 좀 전과는 확연히 달라진 얼굴. 할머니는 힘들게 입을 여셨다.

"오늘처럼 비가 내리면 눈물이 더 나요."

짧은 한마디지만 아주 길게 느껴졌다. 비가 내리면 눈물도 내리는 걸까. 할머니 눈에서 곧 눈물이 떨어질 것 같아 각티슈 통을 확인했다.

"우리 딸이 죽었어……."

예상대로 할머니 눈에서 눈물이 빗물처럼 떨어졌다. 천장을 두드리는 빗물 소리가 할머니의 눈물 소리처럼 들렸다.

할머니는 딸과 단둘이서 살았단다. 할아버지는 5년 전 폐암으로 돌아가셨고, 다른 자식들은 결혼해서 따로 산단다. 딸은 결혼도 안 하고 할머니와 40년 넘게 한집에서 살았단다. 5년 전 남편이 죽고, 함께 산 딸마저 죽었으니 할머니는 지금 혼자일 것이다.

"선생님! 우리 딸이 젊은 나이에 어떻게 죽었는지 아세요?"

할머니 목소리 톤이 올라갔다. 억장이 무너지는 감정도 전해졌다. 나는 입을 닫은 채로 두 눈을 동그랗게 떴다. 그리고 직감했다. 곧 감정의 소용돌이가 몰아칠 것임을.

"우리 딸은 숨이 막혀서 죽었어요."

상상을 뛰어넘는 말씀에 소스라치게 놀랐다. 목이 졸려 죽었다는 말인가? 듣고만 있을 수가 없어서 입을 열었다.

"숨이 막혀서요? 사고라도 났어요?"

할머니는 고개를 떨구고는 아주 천천히 대답하셨다.

"사고는 아니고, 병으로요. 우리 딸도 폐암으로 죽었어요."

'우리 딸도'라는 말이 귓가에서 맴돌았다.

침묵이 흘렀고, 트럭 밖 빗소리는 더욱 커졌다. 비가 할머니를 대신해 울어주는 것 같았다.

"선생님, 저는 바보예요. 제가 무식해서 제 딸이 죽었어요. 남편이 폐암으로 죽었으면 딸도 폐암에 걸릴 수 있다는 걸 왜 몰랐을까요? 왜 딸한테 폐암 검사 받아보라는 말을 할 생각을 못 했을까요?"

할머니는 다시 흐느끼셨다. 할머니는 폐암이 딸을 죽인 게 아니라 자신의 무지가 딸을 죽였다고 생각하고 계셨다. '할머니 탓이 아니에요!'라고 말하고 싶었지만, 아직은 때가 아니었다. 할머니의 말씀을 더 들어야 할 때였다.

"우리 딸이 며칠 동안 숨을 헐떡거리다가 하늘나라로 갔어요. 얼마나 고통스러워하던지 차라리 빨리 데려갔으면 싶었어요. 저도 같이 숨이 넘어가는 것 같았어요. 너무너무 괴로워했어요. 그 모습이 아직도 꿈에 나와요. 우리 딸이 죽은 날도 비가 왔어요.

슬프면서도 안심이 됐어요. 이제는, 거기 하늘나라에서는 숨통이 트였겠다 싶어서요."

오랜 침묵을 깨고 나도 입을 열었다.

"오늘처럼 비 오는 날엔 따님 생각이 더 나시겠어요."

"네. 더 나요. 더 보고 싶어요. 딸은 납골당에 있어요. 그런데 거기가 교통이 불편해서 가기가 참 어려워요. 한 번에 가는 버스도 없고, 택시를 타자니 돈이 많이 들고."

다시 내 말문은 막히고 말았다. 다행히 할머니가 먼저 입을 여셨다.

"선생님! 그래서 오토바이를 한 대 살까 생각해봤어요. 중국집 배달하는 오토바이 있죠? 그거 한 대 있으면 딸 보고 싶을 때 언제든 수월하게 갈 수 있을 것 같아요."

내 머릿속에 비 오는 날 스쿠터를 몰고 딸을 보러 가시는 할머니 모습이 그려졌다. 그 순간 눈물이 왈칵 쏟아졌다. 억누를 새도 없었다. 할머니가 우는 나를 보며 말씀하셨다.

"제가 이런 얘기를 하면 다른 자식들은 이제 그만하라고 하는데, 이제 잊으라고만 하는데, 선생님은 우시네요. 제 이야기 듣고 울어주시네요."

비 내리던 그날, 상담 트럭 안에서 내 눈에서도 할머니의 눈에서도 눈물이 주룩주룩 흘러내렸다.

상담하다 보면 내 아들과 비슷한 또래를 키우는 엄마들을 만난다. 그런 경우엔 자식을 어린이집(또는 유치원)에 보내는 부모끼리의 만남이 되고 만다. 나는 아빠로서, 그녀는 엄마로서 아이에 관한 이야기를 주고받는다. 물론 나는 상담가 역할이기에 주로 듣는 편이지만.

병원에 있을 때 '중독' 분야를 맡았기에, 어린아이를 둔 젊은 부모의 심리 상담을 해본 적은 없었다. 둘째 아들 첫돌을 한 달 보름 앞두고 병원을 나와 상담 트럭을 몰고 다니면서부터 엄마들과의 만남이 시작됐다. 그녀들은 대부분 육아 우울증에 시달리고 있었다. 아이 키우느라 몸도 마음도 퍼지기 일보 직전인데도 정신을 부여잡고 간신히 버티는 상태. 이유는 대부분 '독박 육아'였다. 분명 존재하는 아빠가 아이 곁에 없고, 분명 존재하는 남편이 아내 곁에 없어서다. 그녀들은 병들어가고 있었다. 마음의 병이 진행되고 있었다. 그녀들은 이렇게 말했다.

"그 예쁜 아이가 어쩔 땐 미워 죽겠어요!"

"아이가 밤새 울 때는 정말 죽고 싶어요!"

아이가 미워질 만큼 아이 키우기가 힘들다는 말이고, 때론 죽고 싶을 만큼 자신이 고통스럽다는 말이다. 엄마들은 곧 방전될 것처럼 아슬아슬해 보였다.

더 위태로운 엄마도 있었다. 아픈 아이를 둔 엄마였다. 태어났을 때는 분명 문제가 없었는데, 건강하게 잘 자랄 것 같았는데, 언젠가부터 아프기 시작했다고 한다. 아이는 자폐증이었다. 병원에서 그렇게 진단이 내려진 후, 그녀는 아이 치료를 위해 직장을 관뒀다. 수입이 줄어든 데다 치료비는 비싸니 조만간 대출을 받아야 할 지경이라고 했다. 그녀의 한숨 소리에 나도 모르게 두 눈을 감고 말았다. 나는 금전적인 어려움을 들을 때마다 유난히 더 마음이 무거워진다. 그럴 때는 무슨 말을 어떻게 해야 할지 몰라 고개를 숙이거나 눈을 감아버린다. 부모에게는 아픈 아이를 직접 돌봐야 할 책임도 있고, 아픈 아이에게 전문가의 치료를 제공해줄 의무도 있다. 그런데 과연 이 두 가지를 모두 해낼 수 있을 만큼의 여유가 있는 가정이 얼마나 될까?

고개가 더 떨어지려고 해서 얼른 눈을 들어 그녀의 얼굴을 봤다. 아까부터 눈물이 떨어지던 그녀의 얼굴은 아직도 홍건했다.

"선생님, 자폐는 유전이에요? 아니면 제가 잘못 키워서 그런 거예요?"

유전이 원인이라고 답해도 부모 탓이 되고, 양육법이 원인이라고 답해도 부모 탓이 된다. 그래서 바로 답을 하지 못하고 뜸을 들이다가, 살짝 당황해하는 그녀의 모습에 서둘러 입을 뗐다.

"정신 질환의 원인은 확실히 밝혀진 게 없습니다. 한마디로 아직 모르는 게 많다는 말이죠."

그녀는 알 듯 모를 듯 애매모호한 표정을 지었다. 내 대답이 애매모호하니 그럴 만도 했다.

그녀는 아이 치료에 대한 부담감보다 훨씬 더 무거운 죄책감을 짊어진 채 살아가고 있었다. '아이가 무슨 잘못이야? 이게 다 아이를 이렇게 낳은 엄마 잘못이고, 아이를 이렇게 키운 엄마 잘못이지!'라는 생각을 마치 신념처럼 끌어안고 살아온 것 같았다. 물론 아이의 병에 부모 탓이 전혀 없다고는 말할 수 없다. 부모니까, 부모라는 이유로 얼마만큼의 책임은 있을 수밖에 없다. 하지만 그녀가 짊어진 죄책감은 다소 지나쳐 보였다. 그녀는 자신에게 가혹한 처벌을 내리려고 작정한 사람 같았다.

먼저 상상을 해봐야 했다. 내가 만약 그녀라면, 내 아들이 자폐아라면 내가 느낄 죄책감은 어느 정도일까?

상상만으로도 끔찍했다. 그리고 곧 치밀어 오르는 분노를 느꼈다.

'왜 내가 죄책감을 느껴야 하는데? 내가 무슨 잘못을 했기에? 아무 죄도 없는 내 아들이 그런 병에 걸린 것만으로도 억울해 죽

겠는데 내가 죄책감까지 느껴야 해?'

순식간에 북받친 분노감에 나도 깜짝 놀랐다. 서둘러 마음을 진정시키면서 나 자신에게 물었다.

'내가 방금 느낀 분노감을 지나치다고 말할 수 있을까?'

내 대답은 노(No)였다.

역설적으로, 그래서 더 그녀가 느끼고 있는 죄책감에 공감할 수 있었다. 또한 그녀가 느끼는 감정에 대해 지나치게 판단하면 안 되며 그럴 수도 없다는 생각이 들었다.

그날 집으로 가는 길에 이런 생각이 들었다. 그녀가 알아차리기 전부터 그녀의 아이는 아팠을 것이다. 그리고 언젠가는 아이도 자신이 아프다는 걸 알게 될 것이다. 그렇다고 모든 희망이 사라지고 절망만 남는 걸까?

물론, 아픈 아이를 둔 부모의 죄책감은 누가 무슨 말을 해도 상쇄되지 않을 것이다. 그렇더라도 이 한 가지는 기억해야 한다.

'나 때문에 아이가 병을 얻은 건가?'라는 의문이 들수록 '내가 지금 아픈 아이를 위해 할 수 있는 일, 해야 하는 일이 무엇인가?'라는 질문을 스스로에게 던질 것.

시계를 보니 벌써 저녁 7시다. 두 아들을 혼자 보고 있을 아내를 생각하니 조급해진다. 퇴근길이 평소보다 더 멀게 느껴진다.

이후에도 발달장애를 가진 아이의 엄마를 여러 명 만났다. 어느 엄마는 자기 아이가 여덟 살이고 일반 학급에서 겨우겨우 지내는데, 아무래도 특수 학급으로 옮겨야겠다면서 울었다.

　그녀 역시 발달장애 자식을 둔 다른 엄마들처럼 아이의 어린 시절 이야기를 꺼냈다. 돌이 될 때까지 아이가 너무 얌전해서 있는 둥 없는 둥 했다고, 뭐든 주는 대로 잘 먹어서 포동포동했다고, 혼자서도 조용히 잘 있고 잘 놀아서 정말 편하게 키웠다고. 그러다 20개월 정도 되면서 혼잣말을 하기 시작했다고 했다. 알아들을 수 없는 외계어(?)로 쫑알거리더라고. 그런데 '엄마', '아빠'라는 단어는 아무리 반복해서 가르쳐도 따라 하지 않더라고.

　두 돌이 지나 어린이집에 보냈는데 아이는 적응을 못했단다. 친구들과 전혀 어울리지 못하고, 거기서 주는 점심이나 간식은 입에도 안 대고, 낮잠 시간에는 다른 아이들은 다 자는데 혼자 뛰어다녔단다. 수업 시간에도 가만히 앉아 있지 못해 통제가 안 됐단다.

사실 아까부터 이제 두 돌이 조금 지난 내 둘째 아들 이야기를 듣는 것 같았다. 내 아들의 사정을 그녀가 대신 말해주고 있는 것 같았다. 단지 느린 것일 뿐 아픈 건 아니라고 믿고 싶었던 나에게 이제 정신 차리라고, 현실을 똑바로 직시하라고 알려주는 것 같았다.

하지만 나는 이번에도 부정하고 싶었다. '둘째는 아직 어리니까, 아직 모르는 일이니까.' 속으로 그렇게 주문을 외듯 되뇌어도 마음이 편해지지 않았다. 그녀의 이야기는 곧 내 이야기였고, 내 마음은 곧 그녀의 마음이었다. 그래서 그랬는지 그녀에게만큼은 내 속마음을 보여줄 수 있을 것 같았다.

"우리 둘째가 그래요."

내 말에 그녀의 눈물이 멈췄다.

"저는 아직 아무한테도 말 못 했어요. 아내한테도요. 애가 아직 어려서 차차 바뀔지도 모르는데 괜히 미리 마음고생시키기 싫어서요. 그래서 저 혼자 알고, 저 혼자 지켜보고 있어요."

어느새 역할이 서로 바뀌어버렸다. 상담자인 내가 내담자인 그녀에게 상담을 받는 격이 되어버렸다. 내가 말을 더 이어가진 않았지만, 그래서 잠깐 동안 침묵이 흘렀지만, 침묵 속에서도 그녀의 공감과 위로가 느껴졌다. 그녀의 표정이 그랬다.

"선생님은 저보다 훨씬 일찍 아신 거예요. 정신과 의사라서 그러실 수 있었겠죠. 그래서 분명히 아이도 좋아질 거예요. 아빠가 정신과 의사라서."

그녀는 이렇게 격려까지 해주었다.

'아빠가 정신과 의사라서'.

집에 가는 길에 그녀가 했던 말이 맴돌았다. 그런데 아빠인 내가 정신과 의사라서 일찍 알아버린 게 정말 좋은 일인가? 혹시 정신과 의사랍시고 혼자서 잘못된 진단을 내려버린 건 아닐까?

둘째 아들이 빨리 보고 싶어졌다. 둘째 아들을 빨리 안고 싶어졌다.

우리 애도
아파요

오늘은 둘째 아들이 새로운 어린이집에 가는 날이다. 다니던 어린이집을 그만두는 바람에 두 번째 어린이집에 가게 됐다. 두 번째 어린이집을 정하는 동안 아들은 하루 종일 엄마랑 같이 지낼 수 있었는데, 오늘부터는 엄마랑 떨어져야 한다. 아들은 아직 모르고 있다. 한 시간 후에 벌어질 일을. 그래서 아빠는 이른 아침부터 마음이 무겁다. 엄마랑 헤어지기 싫다고 울부짖는 아들의 모습이 미리 떠올라서다.

1년 전 처음 어린이집에 가게 됐을 때, 둘째는 몸부림을 치며 있는 힘껏 소리쳐 울었다. 내 고막은 터질 것 같았고 내 마음은 찢어질 것 같았다. 둘째는 낯선 곳에, 낯선 사람들에게 떠맡겨지는 게 싫고 무서워 악을 쓰며 울었다.

불행인지 다행인지 오늘은 아내 혼자 둘째를 새 어린이집에 데려다주게 됐다. 나보단 아내가 둘째 울음을 잘 견디니 조금은 마음이 놓이기도 하지만, 그건 내 입장일 뿐 둘째 입장에서는 괴롭기는 마찬가지일 것이다. 잠깐이나마 엄마를 또다시 잃는 것이니까.

아들을 멀리 군대에 보내는 것도 아니고, 겨우 집 앞에 있는 어린이집 보내면서 유난 떤다고 생각할지도 모르겠다. 그런데 그럴 만한 사정이 있다.

둘째 아들은 아프다. 몸이 아픈 건 아니고 마음이 아프다. 아픈 사실을 인정한 지 이제 몇 개월이 지났다. 나 혼자 짐작만 했던 적이 있었다. 그때만 해도 절대 인정하고 싶지 않았다. 부정하고 싶었기에 아니길 바라며 기다렸다. 그런데 그 문제는 시간이 해결해주는 그런 가벼운 문제가 아니었다. 아들이 단지 느린 아이라고 믿고 싶었지만 그게 아니었다. 아들이 남다른 아이라고 믿고 싶었지만 그게 아니었다.

아들에게 문제가 있다는 걸 인정하고 아동발달센터에 갔다. 검사를 받고 며칠 지나 결과를 들었다. 일찍이 짐작했고 검사 직전 마음으로 인정도 한 상태였기에 크게 놀라진 않았다. 그 대신 아팠다. 아들이 아프다는 사실에 나도 아팠다. 아들은 자신에 대해 아무것도 모른다는 사실에 더 아팠다.

돌이켜보면 자폐아 엄마들과 상담하기 시작하면서 틈만 나면 울었다. 아내와 두 아들이 잠든 밤에 혼자 잠 못 들고 울었고, 아침에 샤워하면서 샤워기에서 쏟아지는 물을 맞으며 울었다. 어떤 날은 기차를 타고 지방에 가다가 뜬금없이 눈물을 쏟았고, 또 어떤 날은 길거리에서 둘째 또래 아이를 보고 어이없이 눈물을 뚝뚝 떨어뜨리기도 했다. '우리 아들도 저 아이처럼 평범했으면…….' 이런 내 바람은 "평범하게 살았으면 좋겠어요"라고 말했던 내가 만난 사람들의 바람과 닮아 있었다.

예전엔 몰랐다. 지금 내 둘째 아들이 자신에 대해 아무것도 모르는 것처럼, 나 역시 아들에게 무슨 일이 벌어지고 있는지 아무것도 몰랐다. 처음엔 아픈 자식을 걱정하며 속상해하는 엄마들의 사연을 들을 때마다 내 아들은 건강해서 천만다행이라는 생각만 했다. 그러다 언젠가부터 둘째 아이 상태에 대한 의문이 들었고, 아픈 아이를 둔 엄마들을 상담하면 할수록 그 의문은 불길한 확신으로 굳어졌다. 나 혼자서 그러고 있다가, 어느 날 아내에게 알리기로 결심했다. 아내도 아이에 대해 알 권리가 있고 아이에 대한 책임도 있으니까. 오랜만에 가족 여행을 떠났다. 그 여행 마지막 밤에, 두 아들을 재운 뒤 나는 무거운 마음으로 털어놨다. 아내는 울었다. 남편이 정신과 의사여서 그런지 남편의 진단을 의심하거나 반문하지 않고 그냥 받아들이면서. 그런데 내가 전혀 예상하지 못했던 말을 덧붙였다.

"큰애가 불쌍해. 큰애는 이제 어떡하지?"

아내의 떨리는 그 한마디에 그제야 큰아들이 떠올랐다. 아픈 동생과 함께 자라야 할 녀석이 그제야 걱정스러웠다. 둘째만 걱정하다 첫째 생각은 놓쳤던 것이다. 옆에서 코를 골며 자고 있는 첫째에게 너무나 미안했다. 부모의 관심과 걱정이 형제 중 한쪽에게만 기울면 나머지 형제는 손해를 보게 된다. 게다가 부모가 자식을 돌보는 건 당연한 일이지만, 형이 동생을 돌보는 건 꼭 당연한 일이라고 할 수도 없다. 그러니까 큰아들도 불쌍한 것이다. 그걸 그제야 깨달은 스스로가 창피했다.

아내에게 앞으로의 계획에 대해 알렸다. 둘째가 아프니 아무래도 다시 병원에 들어가야겠다고, 지금처럼 불규칙하게 벌고 불안정하게 일하는 건 가장으로서 할 수도 없고 해서도 안 되는 일이라고. 오랜 고민 끝에 내린 결론을 그날 그렇게 아내에게 털어놨다. 당장 둘째 치료비가 매달 꼬박꼬박 필요할 것이다. 그리고 이런 병은 치료 기간에 기약이 없다는 것이 문제다. 몇 년이 걸릴지 몇십 년이 걸릴지 알 수가 없다. 그래서 안정적인 수입이 필요했다. 아내는 내 계획에 동의한다고 하면서도 안타까워했다. 남편이 원래 세우고 추진했던 일이 어떤 과정을 거쳐 실행되었는지 누구보다 잘 알고 있었기 때문이다.

둘째 아들은 31개월이 되는 달부터 치료를 시작했다. 언어 치료와 감각 통합 치료를 번갈아가며 하고 있다. 그리고 점차 치료 횟수와 시간을 늘려나가는 중이다. 치료를 시작했다는 것만으로, 치료를 받고 있다는 것만으로 어느 정도는 위안이 된다. 하지만 지금까지 치료 과정은 순탄치 않았다. 울고 떼쓰고 드러누우며 치료받길 거부하는 날이 꽤 많았다. 당연했다. 아들은 자기가 아픈 줄 모르니까. 치료가 필요한 줄을 모르니까.

발달장애아의 부모는 자기 아이가 더 이상 자라지 않기를 바랄 때가 있다. 시간이 갈수록 자기 아이와 다른 아이들의 격차는 더 벌어지고, 아이 역시 언젠가 그 사실을 알게 되니까. 그럼 아이가 더 힘들어질 테니까.

아무것도 모르는 둘째 아들은 오늘 두 번째 어린이집에 간다.

"남친이 연락이 안 되면 미쳐버릴 것 같아요!"

한 여대생의 고민이었다. 남친은 한 살 어린 연하남. 하지만 그
녀는 남친이 오빠 같고 어른스럽다고 했다. 어리지만 철이 들었
고, 자상하고, 남자다워서 좋다고 했다. 남자인 내가 들어도 참
좋은 남친인 것 같았다. 하지만 문제는 남친이 늘 그렇진 않다는
것이었다. 가끔씩 수십 번 전화를 하고 수십 번 톡을 해도 일절
연락이 안 되는 날이 있다고 했다. 그러고는 다음 날 먼저 연락
해서 "어제 너무 바빠서 못 받았어. 미안해", "어제 너무 지쳐서
답을 못 했어. 미안해"라고 한단다.

그 남친이 '미안해' 앞의 말은 안 하는 게 낫겠단 생각이 들었
지만, 어쨌거나 흥미로운 건 그녀가 매번 이런 남친의 사과를 받
아주고 용서한다는 사실이었다. 그녀는 이런 일이 반복될수록
자신이 더 비참해짐에도 불구하고, 한편으론 남친이 자신을 버

릴까 봐 두려워진다고 했다.

그렇게 한참 털어놓던 그녀가 갑자기 눈빛이 변하며 물었다.

"선생님, 이건 집착인 거죠? 집착 맞죠?"

그녀는 이미 알고 있었다. 사랑인지 집착인지가 궁금한 게 아니라 어떻게 하면 집착에서 벗어날 수 있을지 궁금해했다.

"선생님, 제가 자존감이 낮아서 이렇게 집착하는 거죠? 제 낮은 자존감이 문제인 거죠?"

내가 답도 하기 전에 먼저 '자존감'이란 말을 꺼냈다. 자존감이란 말이 언제부턴가 유행어가 됐다. 자존감 관련 책이 그렇게나 많이 팔린 것만 봐도 알 수 있다. 청년들의 고민을 듣다 보면 거의 빠지지 않고 나오는 말이 자존감이다. 그녀는 이미 알고 있었다. 자신의 자존감이 낮다는 사실을. 그리고 나름 결론까지 내리고 있었다. 자존감을 키워야 한다고.

나는 그녀에게 물었다.

"자존감을 키우면 집착이 사랑으로 변하나요?"

그녀는 당황한 표정이었다. 잠시 후 실망한 표정으로 내게 물었다.

"자존감을 키워도 집착이 사랑으로 안 변하는 거예요?"

자신을 가치 있게 여기는 사람 즉 자존감이 높은 사람은 타인을 사랑할 줄 알고, 자신을 가치 있게 여기지 못하는 사람은 타인에게 집착한다. 개념적으로는 그렇다. 그런데 여기서 하나 더 생각해볼 게 있다. 남들이 칭찬해주고 인정해준 덕분에 자존감이 올라간 경우다. 자신이 정한 기준에 맞춰 스스로 자존감을 키운 경우에도 남들에게 박수를 받긴 한다. 그런데 여기서 구분해야 할 점은 초점이 어디에 맞춰졌느냐다. 남들의 박수에 초점을 맞춰서 자존감을 키운 경우엔 남들에 의해서 쉽게 무너진다. 나는 이런 자존감을 '부실한 자존감'이라고 부른다. 자존감은 내가 나 자신을 존중하는 마음임에도 불구하고 주도권을 남에게 넘긴 격이다. 반면 '탄탄한 자존감'은 내가 나 자신에게 박수 쳐주는 것이기에 남들의 박수는 있으면 좋지만 없어도 크게 상관없다.

남들의 반응이나 평가에 신경을 쓸수록 탄탄한 자존감이 아니라 부실한 자존감이 키워진다. 남들을 의식하지 않을 순 없지만 문제는 신경을 쓰는 정도다. 남들의 인정에 목을 매는 사람은 허공에 자존감을 쌓는 사람이다. 그런 사람은 얼마 후 자신이 키운 것이 진정한(탄탄한) 자존감이 아니라 의존감 또는 집착이었음을 깨닫게 된다.

그녀의 생각처럼 자존감은 중요하다. 하지만 어떤 자존감을 키우느냐가 문제다. 탄탄한 자존감은 사랑을 불러오지만, 부실한 자존감은 집착을 불러온다. 탄탄한 자존감은 나로부터 자라나 너에게 닿는다. 나를 아끼고 사랑하는 마음이 넘쳐흘러 너의 마음을 적시는 것이다. 하지만 부실한 자존감은 내가 아닌 너로부터 시작된다. 너에게 받아야만 채울 수 있기 때문에 불안해지고 허기가 진다.

그녀에게 물었다.

"자존감이 100점 만점에서 몇 점쯤 되는 것 같아요?"

그녀가 자신 없는 목소리로 대답했다.

"한 30점?"

"남친 만나서 자존감 점수가 올라간 거 같아요, 떨어진 거 같아요?"

"떨어졌어요. 원래는 20점 정도였는데 제가 노력해서 많이 올려놨거든요. 60~70점 정도로. 그런데 연애하면서, 그것도 첫 연애인데 계속 떨어지고 있어요."

"음, 그럼 예전에 어떻게 60~70점까지 올렸어요?"

"다이어트해서 20킬로를 뺐어요. 그래서 예뻐졌어요."

"결국 그 덕분에 남친도 사귀고…… 거기까지는 좋았네요?"

"네! 그때는 정말 70점 피크를 찍었죠!"

그녀의 자존감이 70점까지 올라갔던 이유는 우선 자신이 스스로 정한 기준에 따라 체중을 줄여서고, 다음으로는 남친이 생겨서일 것이다. 자신이 계획한 목표를 성취하니 사랑하고 사랑받을 수 있는 사람까지 생겼다. 자존감이 오르는 게 당연하다.

문제는 그다음부터였다. 연애 과정에서 오히려 자존감이 떨어진 건 자기 인생의 주도권을 남친에게 넘겨줬기 때문이다. 자기 기준에 따라 다이어트를 주도적으로 하던 예전의 그녀는 어느새 사라졌다. 남친에게 빠지는 바람에 자기 자신을 잃고 말았다. 그녀의 마음속에는 남친이 자신을 사랑하느냐 아니냐 하는 기준만 남아버렸다. 도통 알 수 없고, 어찌할 수도 없는 남친의 마음이 기준이 된 바람에 그녀의 자존감은 낮아질 수밖에 없었다.

남들에게 휘둘리는 자신에게 만족하는 사람은 없다. 자신을 잃어버렸다는 건 자신을 아껴줄 주체가 사라졌다는 뜻이다. 주체를 잃었으니 자존감도 무너질 수밖에 없다.

그녀에게 또 다른 질문을 던졌다.

"남친과 연락이 안 될 때 어때요?"

"가슴이 답답하고 숨이 막혀요. 미쳐버릴 것 같아요."

"그런 자신의 모습이 어때 보여요?"

"한심하죠. 비참하고."

"그런 자신이 못마땅할 테니 자존감이 바닥이겠네요."

"맞아요. 그럴 때마다 남친이 미워요. 원망스러워요."

집착은 두려움에서 시작된다. 잃어버릴까 봐 꽉 움켜쥐려는 두려움에서. 그녀는 어쩌다가 남친이 자신을 떠날까 봐, 자신이 버려질까 봐 불안해진 걸까? 자신을 잃어버려서다. 자기 주도권을 남친에게 넘겨줘서다. 그런 자신을 바라보는 마음이 좋을 리 없다. 자신이 정말 괜찮은 사람인가 의문이 생길 수밖에 없다.

남친의 마음보다는, 제대로 살피지 못했던 자기 마음부터 알려고 애써야 한다. 잃어버린 자신을 찾아야 한다. 사라져버린 자신의 기준을 되찾아야 한다. 남친의 말과 행동에 따라 사랑이 됐다 집착이 됐다 오락가락해선 안 된다.

그녀에게 말했다.

"상대의 마음을 가지려고 하지 마세요. 대신 상대를 사랑하는 자신의 마음을 지키세요. 사랑은 상대의 마음을 뺏는 것도, 자신의 마음을 뺏기는 것도 아닙니다."

엄마는
있으나 마나야!

상담 트럭에 한 중년 여성이 조심스레 올라탔다.

"어떤 고민으로 오셨나요?"

내 질문에 그녀는 곧바로 눈물로 답했다. 순간 당황했지만, 그 동안 꽤 많이 경험해본 일이라 침착하게 대응했다. 그녀의 표정이, 그녀의 흐느낌이 내게 말했다. 말하기가 힘들다고, 말하는 것조차 괴롭다고.

상담 트럭에 타서 눈물을 쏟은 사람들은 많았지만, 그날 그녀가 말보다 먼저 보여준 눈물은 견디기 힘들 정도로 내 가슴을 후벼 팠다. 눈물을 멈추게 하고 싶을 정도로 아팠다. 결국 내가 먼저 입을 열고 말았다.

"말씀하시기 힘든 일을 겪으셨나 봐요."

줄곧 그녀의 눈치를 살피다가 어렵사리 꺼낸 내 말에, 그녀는 자신도 털어놓겠다는 듯 입술을 꽉 깨물고 나를 바라봤다.

"제 딸이 성폭행을 당했어요."

성폭행 피해자 상담 경험은 여러 번 있었다. 하지만 피해자의 어머니를 상담하는 건 처음이었다. 게다가 어머니의 나이를 짐작건대 딸은 미성년자 같았다. 나는 또다시 아주 조심스럽게 물었다.

"실례지만 따님 나이가……."

"고1이에요."

"……"

"외동딸이고 착했어요."

착했다는 말은 과거형이다. 현재는 그렇지 않다는 뜻이다. 착한 딸이 성폭행을 당한 뒤로 달라졌구나 싶었다.

"딸이 며칠 전에 '엄마는 있으나 마나야!' 하더라고요."

하나뿐인 딸이 하나뿐인 엄마에게 그렇게 말했다면 엄마에 대한 원망과 증오가 어마어마하다는 뜻이다. 그녀가 다시 울기 시작했다. 겨우 멈췄던 눈물이 다시 쏟아졌다.

"그 일에 대해서 또 누가 알죠?"

"저와 딸, 그리고 딸의 절친 몇 명이요."

그나마 다행이다. 딸에게 절친이 있다는 것과 그들에게 그 일을 알렸다는 것이.

성폭행범은 지인인 경우가 많다. 그녀의 딸을 가해한 범인이 누구인지 묻고 싶었지만, 차마 입이 안 떨어졌다. 대신 이렇게 말했다.

"혹시…… 신고하셨어요?"

순간 그녀의 표정이 굳어버렸다.

"딸이 신고하길 원치 않아요. 절친들 말고는 알리고 싶지 않대요."

그런데 그녀는 어떻게 알게 됐을까?

"어머니한테는 딸이 직접 알린 건가요?"

"네. 딸이 전화로 말했어요. 만취가 되어 혀가 완전 꼬인 상태로요. 맨 정신으로 한 말이 아니었어요."

딸이 엄마를 믿고 의지했으니 말했을 것이다. 그런데 그 딸이 왜 신뢰하는 사람에게 있으나 마나 한 사람이라고 했을까.

"딸이 뭐라고 했어요?"

"엄마, 나 성폭행당했어, 라고요."

"도대체 누가 그랬어요?"

더 이상 참지 못하고 물었다.

"같은 학년 남자 친구가요. 저도 잘 아는 아이예요. 제가 아는 분의 아들이거든요."

지인의 아들이 자신의 딸을 성폭행했다는 말이었다.

"사귀는 사이였어요. 어른들도 다 알고 있었고요."

아는 아이라서 걱정하지 않았을 테고, 그래서 이런 일이 생길 줄은 상상도 못 했을 것이다. 한마디로 데이트 폭력이었다.

"그 애랑 사귀긴 했는데 딸은 스킨십은 싫어했어요. 딸은 그 애를 아주 많이 좋아하진 않았어요. 그 애가 정말 잘해주니까 사귀었던 거예요."

그녀는 말을 멈추고 크게 한숨을 쉬었다.

"그래서 어머니는 어떻게 하셨어요?"

"그 애 엄마한테 당장 전화 걸어서 따지고 싶었는데, 시간이 너무 늦어서 꾹 참았어요. 힘들게 힘들게 참았어요. 그리고 급히 술 취한 딸을 데리러 갔죠. 딸 보자마자 아무 말 안 하고 부둥켜안고 울기만 했어요."

그날 밤 상황이 머릿속에 고스란히 재현되는지, 그녀는 두 주먹을 꽉 쥐고 두 눈을 꼭 감았다. 눈물이 다시 쏟아졌다.

"딸은 다음 날 아침 일찍 일어났는데, 학교에는 못 가더라고요. 그리고 그 일에 대해선 아무한테도 말하지 말라고 하더군요. 그 애나 그 애 부모님한테도요. 누구에게든 알리면 죽어버리겠다고 했어요."

딸은 피해자인데, 가해자를 죽여버리겠다고 말해도 시원찮을 판에 가해 사실을 알리면 자신이 죽어버리겠다고 했단다.

"혼자 감당하기엔 너무 힘들어서 친한 친구 두 명에게만 알렸고, 사실 저에겐 알리고 싶지 않았다더군요. 술에 취한 바람에 튀어나온 거라고."

그녀는 입술을 꽉 깨물었다. 북받쳐 오르는 감정을 억누르는 듯 보였다. 힘겹게 참는 그녀의 모습을 앞에서 보는 것만으로도 힘들었고, 내 속에서는 욕이 튀어나올 지경이었다.

"신고하시죠! 지금이라도 하세요!"

내 말에 그녀는 당황한 듯 조금 두려운 표정을 지었지만, 곧 이렇게 말했다.

"그것 때문에 딸과 사이가 나빠졌어요. 저는 신고하자고 하고, 딸은 안 된다고 하다가요."

딸의 현재 상태가 궁금하고 염려스러웠다.

"요즘 따님은 어떻게 지내나요?"

"겨우 학교는 다니는데 집에 늦게 들어와요. 말은 독서실에서 공부한다고 하는데, 어디 공부가 되겠어요? 어쨌든 늦은 시간에 혼자 집에 오는 건 위험하니까 제가 데리러 가겠다고 몇 번이나 말했는데, 그때마다 질색해요. 며칠 전에는 연락도 없이 안 들어와서 너무 걱정돼서 독서실로 찾아갔는데, 저를 정말 벌레 보듯 노려보더라고요."

엄마로서 얼마나 걱정이 됐을까? 걱정이란 단어로는 설명이 안 될 정도로 공포스러웠을 것이다. 하나뿐인 딸에게 같은 일이, 아니 비슷한 일이라도 또 생긴다면…… 그런데 딸은 자신을 보호해주기 위해 밤길을 헐레벌떡 달려온 엄마의 심장에 칼을 꽂아버렸다. 가해자에게 보냈어야 할 경멸의 눈빛으로 엄마를 찔러버렸다.

"그러면서 '엄마는 있으나 마나야!' 하더군요."

상담 시작할 때 꺼냈던 그 아픈 말을 그녀는 또 꺼냈다. 그만큼 뼈아픈 말이었기 때문이리라. 그제야 그녀가 왜 '딸이 착했어요'라고 과거형으로 말했는지 알 수 있었다.

"따님을 바라보는 어머님의 표정은 어떨까요?"
다소 뜬금없는 내 질문에 그녀는 당황했다.
"노심초사하는 표정이거나 아니면 죄책감에 빠진 표정? 어떨 것 같으세요?"
그녀는 잠시 눈을 감더니 이렇게 대답했다.
"정확히 표현할 순 없지만 아주 심란해요. 무겁고 어둡고 불편해요."
"음…… 그럼 그런 엄마를 마주하는 따님 심정은 어떨까요?"
그녀는 한참을 침묵하다가 이렇게 말했다.
"숨이 막힐 것 같아요."
그녀는 짧은 이 한마디를 내뱉고는 하염없이 울었다. 얼마나 울었는지 모른다. 더 이상 해줄 말이 없었다. 숨죽인 채 그녀의 눈물이 멎기를 기다렸다. 그러면서 속으로 바랐다. 그녀가 자신이 느끼는 배신감에 압도당하기보다는 딸의 혼란스러운 마음을 먼저 이해해주기를. 그런 딸의 마음을 알아차리고 헤아려준다면, 그녀는 더 이상 있으나 마나 한 엄마가 아닐 것이다.

매주 구치소에 찾아간다. 마음 아픈 수용자들을 상담해주기 위해서다. 그중에서도 구치소 안에서 자살 시도를 했거나 그럴 위험성이 높은 사람들을 만난다. 죽고 싶어 하는 그들의 마음을 다시 살아낼 마음으로 바꾸는 것이 나의 임무다.

그동안 수많은 수용자들의 사연을 들었다. 그중에서도 유난히 내 마음 깊숙이 자리 잡은 사람이 있다. 40년 형을 선고받은 40대 초반 미혼 남성이다. 그는 사회에서 살아온 세월만큼 감방에서 살아가야 한다. 그것이 그가 받아야만 하는 죗값이다.

그의 꿈은 남들처럼 평범한 가정을 이루는 것이었다. 누군가의 남편이 되고 싶었고, 누군가의 아빠가 되고 싶었다. 남들은 고작 그런 게 꿈이냐고, 꿈이 참 소박하다고 할 수도 있겠지만, 그에게는 말 그대로 '꿈만 같은' 꿈이었다. 이제 그 꿈은 '꿈도 꾸지 못할' 꿈이 되고 말았다. 그는 더 이상 살아갈 이유가 없다고 했다. 더 이상 살고 싶은 이유가 없다고 했다.

모든 사람이 살아갈 이유를 갖고 살지는 않는다. 모든 사람이 살고 싶은 이유를 갖고 살지도 않는다. 하지만 그는 끔찍한 사건을 저질러 무기징역에 가까운 벌을 받은 죄인이었다. 그는 나에게 지금 당장이라도 죽고 싶다고 했다. 빨리 죽을 수 있게 가만히 내버려두라고 했다. 심지어 어서 끝낼 수 있도록 도와달라고 했다.

그에게 40년 형은 사형보다 못했다. 그를 두 번 죽이는 꼴이었다. 나라도 살고 싶지 않을 것 같았다. 내 목이 죄이는 듯했다.

그의 입장이 되어보는 일은 수월했다. 두 살 차이가 나니 그와 나는 같은 세대였다. 살아온 시간만큼 앞으로 감옥에서 살아야 한다면, 그래서 소박한 꿈마저 버려야 한다면, 나라도 빨리 끝내고 싶을 것 같았다. 평범한 꿈조차 사라져버린 마당에 무엇을 기대할 수 있겠는가?

다시 말하지만, 내 임무는 자살을 생각하는 수용자들의 마음을 뒤집는 것이다. 그런데 그를 상담하는 동안에는 내 마음이 어느새 그의 마음과 닮아갔다. 그를 상담하기가 점점 부담스럽고 힘겨워졌다. 나 스스로도 그가 살 이유를 찾지 못하는데 어떻게 그를 설득한단 말인가.

언젠가부터 나는 그를 설득할 이유를 섣불리 찾기보단, 그가 죽고 싶어 하는 이유를 제대로 이해하고 싶어졌다. 그는 우선 자신의 사건에 대해 억울해하는 부분이 있었다. 그가 인정하는 사실에 대해서는 기꺼이 잘못을 시인했지만, 나머지 부분에 대해서는 할 말이 많아 보였다. 그런데도 그걸 제대로 표현하지 못했다.

알고 보니 그러는 게 당연했다. 어려서부터 그의 말을 들어주는 사람이 주위에 없었기 때문이었다. 다행히 상담이 거듭될수록 말수가 점점 늘어갔다. 마음속에만 있던 이야기를 점점 더 꺼내놓았다. 그의 변화를 보면서 알 수 있었다. 그는 오래전부터 억울함을 참고 살았다는 것을, 바로 그 억울함 때문에 목숨을 끊으려 한다는 것을.

어느 날 그에게 조심스레 제안했다.

"자신의 억울함을 죽음으로 알리려 하지 말고, 얼마나 억울한지 글로 써서 알리는 건 어떨까요?"

내 제안을 듣고 그는 고개를 갸우뚱거렸다. '내가 과연 그렇게 할 수 있을까?'라는 몸의 언어였다.

일주일 뒤 우리는 다시 만났다. 상담을 시작하자마자 그는 나지막한 목소리로 말했다.

"선생님, 희미하게나마 희망을 찾은 것 같아요. 제가 할 수 있는 유일한 선택이 자살인 줄 알았습니다. 죽음만 생각하고, 죽기만 바랐을 땐 다른 어떤 것도 떠오르지 않았습니다. 그런데 선생님 덕분에 다른 생각을 할 수 있게 됐습니다. 새로운 꿈을 갖게 되었습니다. 제가 얼마나 억울했는지 알리고 싶습니다."

일주일 만에 벌어진 기적 같은 일이었다.

우리의 생각은 말랑말랑해지기도 하고 딱딱해지기도 한다. 내가 처한 상황에 따라, 내 마음 상태에 따라 생각의 상태는 달라질 수 있다. 이 상담 사례처럼 인생 최악의 상황이라면, 그 어느 때보다 생각은 딱딱하게 굳어진다. 하지만 아무리 최악의 조건이더라도 해결책을 혼자 찾느냐 함께 찾느냐에 따라 결론은 달라질 수 있다.

죽어야 할 이유가 있다면, 살아야 할 이유도 있다. 울어야 할 이유가 있다면, 웃어야 할 이유 또한 있다. 동전에는 분명 양면이 있는데도 우리는 그 사실을 종종 잊어버리고 만다. 그렇기 때문에 우리에게는 누군가가 필요하다. 혼자 깜빡 잊어버린 사실을 상기시켜줄 사람이 필요하다. 혼자 내려버린 결론을 점검해줄 사람이.

우울증 환자와 함께한
임종 체험

우울증 환자와 함께한
임종 체험

　우울증 환자와 함께 임종 체험을 해본 적이 있다. 그는 늘 입버릇처럼 살아갈 이유가 없다고, 죽고 싶다고 했다. 상담을 통해 삶의 이유를 되찾아주고자 했지만 좀처럼 진전이 없었다. 그는 오히려 내 바람과 반대로 죽어야 할 이유를 찾으려고 애를 썼다. 내 능력의 한계와 상담의 한계를 느끼던 차에 문득 그를 죽음과 떨어뜨리려고 애쓰지 말고, 거꾸로 죽음과 마주할 수 있게 해보면 어떨까 하는 생각이 들었다. 며칠 뒤 그에게 제안을 하나 했다.

　"○○님, 임종 체험이라는 게 있는데 한번 해보실래요? 죽음을 경험해보면 정말 죽고 싶은 게 맞는지 ○○님 본심을 확인해볼 수 있을 것 같아서요."

　어찌 보면 도발 혹은 도박이었지만, 내심 믿는 구석이 있었다. 그가 죽고 싶어 하는 가장 큰 이유는 형편상 빨리 돈을 벌어야 하는데 일자리를 구하지 못했기 때문이었다. 지금 당장 무슨 일이든 가리지 않고 하고 싶은데 뽑아주는 곳이 없으니 이럴 바엔 차라리 죽는 게 낫다고 했다. 과연 이것이 그가 죽을 이유가 될까? 일을 할 수만 있다면 열심히 살 수 있겠다고 하는 사람인데? 직장이 내일 생길지, 모레 생길지도 모르는 사람인데. 게다가 노모를 모시고 있는 처지라 홀로 떠나는 건 결코 쉽지 않을 거라 생각했다. 하지만 그렇다고 그가 절대로 죽지 않으리라 확신할 수도 없었다. 내가 믿을 수 있는 건 그가 죽음을 미리 경험하고 나면 삶에 대한 태도가 바뀔 수도 있다는 가능성이었다.

나의 제안에 그는 반가운 듯 난감한 듯 애매한 표정을 지었지만, 나도 같이하겠다고 하자 그럼 해보겠다며 흔쾌히 수락했다.

4월 어느 봄날, 우리는 함께 죽음을 맛봤다. 가상이긴 하지만 죽음의 순간을 함께 경험했다. 우리는 각자의 관 앞에서 수의를 입었다. 그러고는 미리 준비한 영정 사진을 한참 바라봤다. 사진 속 내 모습은 무표정해 보이기도 하고 슬퍼 보이기도 했다. 영정 사진을 앞에 두고 유언장을 쓰기 시작했다. 우리에게 주어진 시간은 딱 5분이었다. 생의 마지막에 주어진 시간이 고작 5분이라니. 이 모든 게 현실이 아니란 걸 알면서도, 5분이라는 말에 숨이 가빠졌다. 5분, 아침에 일어나기 싫어서 뒤척이다 보내는 5분, 점심시간 아깝답시고 헐레벌떡 도시락을 삼키는 5분, 아들 잠자리 옆에 누워 아들을 재우는 5분. 그렇게도 짧은 시간이 내게 남은 유일한 시간이었다.

구구절절한 말을 쓸 여유가 없었다. 임종 직전 떠오르는 사람들에게 5년 아니 50년이 지나도 기억될, 간단하면서도 의미 있는 말을 남기고 싶었다. 마음이 조급해졌다. 한 자라도 더 남겨 조금이라도 더 오래 기억되고 싶은 마음, 그런 절실함에 머릿속이 하얘졌다. 그러자 무슨 말을 남기기보단 지금 당장 그 사람들 얼굴이 보고 싶어졌다. 아무 말 못 해도 좋으니, 딱 한 번만이라도.

눈물이 왈칵 쏟아졌다. 유언장이 눈물에 젖었다. 뜨거운 눈물이 하염없이 흘러서 유언장을 쓰기가 어려웠다. 그래도 써야 했다. 어쨌든 마지막 말은 남겨야 하니까. 차오르는 슬픔을 짓눌러보려 했지만, 꽉 깨문 어금니 사이로 슬픔이 새어 나왔다.

떠나는 사람은 떠나면 그만이지만, 남겨진 사람은 떠난 사람의 기억과 함께 살아야 한다. 죽는 게 주변 사람에게 죄송한 일이라는 걸 난생처음 느꼈다.

아내가 가장 먼저 떠올랐지만, 우선 부모님께 인사를 드려야 했다. 더 자주 찾아뵙지 못했던, 따뜻한 말 한마디 더 해드리지 못했던 지난날이 후회스러웠다. 부모님을 위해 제대로 해드린 게 없어서 마음이 아팠다. 어머니 배 속에 있을 때부터 내게 주신 사랑과 돌봄을 되돌려드릴 시간도 기회도 없다는 것이 미통했다. 말 안 듣는 별난 아들 키워주셔서 감사했다. 또한 자식이 부모를 보내드려야 하는데 거꾸로 되어버린 게 죄송스러웠다. 이 모든 마음을 글로 표현하기가 너무 힘들었다. 차라리 그분들을 껴안은 채 소리 내어 펑펑 울고 싶었다. 결국 부모님께 남긴 말은 죄송하고 감사하다는 게 다였다. 그게 전부였다.

감사하고 죄송한 분들은 또 있었다. 나의 또 다른 아버지와 어머니인 장인 장모님. 사위를 믿는다고 하시며 늘 무한한 신뢰와 지지를 보내주셨던 분들. 하지만 시간에 쫓겨 두 분께는 짧은 한마디조차 남기지 못했다.

이제 가장 먼저 떠오른 사람에게 인사할 차례였다. 아내의 이름을 쓰는 순간 깨달았다. 그녀의 이름을 불러보는 게 너무 오랜만이라는 사실을. 나도 모르게 꺼이꺼이 소리 내어 울었다. 결혼생활 7년 동안 딱히 해준 게 없었다. 이대로 죽고 싶지 않았다. 적어도 지금 당장은. 딱 하루만, 아니 딱 한 시간만 더 살고 싶었다. 당장 아내를 보러 달려가고 싶었다. 이제껏 두 아들, 나까지 세 아들 키우느라 고생한 아내에게 작별 키스라도 하고 싶었다. 이 모든 게 내게는 현실 같았다. 아니 진짜 현실이었다. 얼굴이 눈물과 콧물로 범벅이 되어버렸다. 죽음을 몇 번 상상해본 적은 있지만, 상상은 어디까지나 상상일 뿐이었다. 그러다 문득 주어진 시간이 사라지고 있다는 걸 깨달았다. 서둘러야 했다. 울고불고하며 힘들게 아내에게 마지막 말을 남겼다.

'나 없이도 씩씩하게 두 아들 키워주길 바라. 먼저 떠나 미안해. 평생 함께하자는 약속 못 지켜서 미안해.'

이제 두 아들이 남았다. 아침에 유치원에 가려고 집을 나서던 큰아들의 모습이 눈에 아른거렸다. 큰아들은 배려심이 많아서 그런 아들을 키우면서 나도 배운 게 많았다.

'너를 보며 아빠 아빠를 다시 돌아보게 됐단다. 지금처럼 친구들 배려하는 어른으로 자라길 바란다.'

다음은 둘째 아들 차례였다. 녀석을 떠올리는 일은 부모님과 아내, 그리고 큰아들을 떠올릴 때의 느낌과 사뭇 달랐다. 함께했던 시간이 가장 짧아서였다. 심장이 빨리 뛰고 호흡이 가빠왔다. 내가 온전히 둘째와 함께했던 시간은 얼마나 될까? 녀석이 아빠보다 엄마를 더 따른다는 핑계로, 나는 둘째가 아니라 첫째 담당이라는 핑계로, 함께 충분한 시간을 보내지 않았다. 왜 한 번이라도 더 안아주지 못했을까. 후회가 사무쳤다.

'아빠가 더 사랑해주지 못했던 거 미안해. 엄마 아빠가 지어준 이름 '나우'처럼, 언제나 '지금' 행복한 사람으로 자라길 바라.'

주어진 5분이란 시간 동안 이렇게 다섯 명에게 마지막 인사를 남겼다. 한 명당 1분꼴이었다. 겨우 1분, 고작 1분 동안 100시간을 줘도 모자란 작별 인사를 해버렸다. 관으로 들어갈 시간을 알리는 종이 울렸다. 이제 진짜 끝이구나. 죽음이 두려웠는지 쏟아지던 눈물마저 뚝 멈춰버렸다. 깊은 한숨을 내쉬었다. 그리고 세상을 떠나기 위해, 내 삶을 끝내기 위해 관 뚜껑을 열고 천천히 내 몸을 관 안에 뉘었다. 0.1초라도 죽음을 미루고 싶어서 아주

더디게 누웠다.

드디어 관 뚜껑이 닫혔다. 나는 이제 없다. 더 이상 세상도 없
다. 살았는지 죽었는지 확인하려고 눈을 크게 떴다. 눈을 감은
것처럼 앞이 깜깜했다. 아무것도 보이지 않았다. 손을 뻗으면 관
뚜껑에 손이 닿겠지만, 아무리 휘저어도 닿지 않을 것만 같았다.
깜깜한 우주에 덩그러니 홀로 떠다니고 있는 것만 같았다. 현실
이 아닌 것이 내겐 이미 현실이었다. 주위는 비현실적일 만큼 고
요하고 적막했다. 오로지 나 혼자만 있는 것 같았다. 어쩌면 그때
나는 우주가 되었는지 모른다. 혹은 암흑이.

그때 적막을 찢는 고함 소리가 들렸다. 나와 함께 임종 체험을
하고 있는 환자의 절규였다.

"난 죽기 싫어요! 지금 죽기 싫어요!"

이어서 두 주먹으로 관을 두드리는 소리가 났다. 관 뚜껑이 금
방이라도 부서질 듯 쿵쾅거렸다.

"저 살래요, 살고 싶어요! 안 죽을래요! 어머니가 보고 싶어
요! 지금 혼자 집에 계세요!!"

포효에 가까운 그의 외침이 빈틈없이 꽉 닫힌 관을 뚫고 울려
퍼졌다. 그 순간 멈췄던 눈물이 다시 뺨을 타고 흘러내렸다. 그제
야 나는 죽지 않았음을 깨달았다.

우리는 죽음을 통해 다시 태어났다. 살고 싶다고 힘껏 소리쳤

던 그는 살아갈 이유를 다시 찾았다. 나는 유서를 쓰면서 결코 죽지 못할 이유를 다시 찾았다. 우리는 죽음을 미리 경험하면서 삶을 새롭게 배웠다. 죽음은 우리에게 삶을 가르쳐줬다.

그와의 상담은 기적처럼 그날로 종결됐다. 임종 체험을 통해 '살고 싶지 않았던' 그의 마음이 '죽고 싶지 않은' 마음으로 바뀌었다. 나 역시 임종 체험을 통해 바뀐 게 있다. 앞으로 언젠가 다시 죽음 앞에 서는 그날, 미안한 마음이 덜 들도록 살고 싶다. 가족에게 미안하다는 말을 남기지 않아도 되는 삶을 살고 싶다.

자네가 죽음을 앞두면 뭘 보게 될 것 같은가?

바로 자식들의 얼굴이야.

죽음을 맞는 순간에도 더 악착같이 살려고 하겠지.

자식들을 위해서.

영화 〈인터스텔라〉 중에서

모든 노인은
선배다

　사람들은 노인들을 '아버님', '어머님'이라고 부른다. 나도 평소엔 그렇게 부르지만 아닐 때도 있다. 노인 대상 강연을 할 때나 노인 그룹 상담을 할 때다. 그동안 전국 각지에 있는 여러 노인 복지관을 다니며 수많은 노인을 만났다. 첫 만남에서 내가 꺼내는 첫마디는 이것이다.

　"여러분을 아버님, 어머님이 아닌 다른 호칭으로 부르고 싶습니다."

　그러면 그분들 눈이 일제히 동그래진다. 뭐라고 부르려고 저러나.

　"저는 '선배님'이라고 부르고 싶습니다."

　선배님이라는 호칭을 평생 처음 들어보는 분들은 생소해하신다. 오랜만에 들어보는 분들은 반가워하신다. 생소해하시는 분들이나 반가워하시는 분들이나 처음 보는 낯선 사람이 선배님이라고 부르니 어색해하신다. 그런데 생각해보면 그 호칭이 맞다. 나는 그분들의 자식도, 사위도 아니니까. 그분들도 내심 흐뭇해하신다.

선배님이라는 호칭을 쓰게 된 이유가 있다. 그동안 만났던 무수한 사람 중에 어서 빨리 어른이 되고 싶다는 청소년은 많았지만, 늙기를 바라는 사람은 단 한 명도 없었다. 무언가 불안한 마음에 얼른 나이가 더 들면 좋겠다는 젊은이는 있었지만, 빨리 노인이 되고 싶다고 말하는 사람은 없었다. 그런데 아버님, 어머님 혹은 어르신이라는 호칭은 어느 모로 보나 늙음이 강조되는 말이다. 그래서 그것들을 대신할 호칭을 찾다가 떠올린 것이 선배님이었다.

아니나 다를까, 모든 분들이 그 호칭을 반기셨다. 학창 시절로, 어머니도 아버지도 아니었던 처녀 총각 시절로 되돌아간 것 같다고 하셨다. 호칭만 바꿨을 뿐인데 그분들 마음이 젊어졌다. 눈가의 깊은 주름이 펴질 정도로 활짝 웃으셨고, 검버섯이 희미해질 정도로 낯빛도 환해지셨다. 덕분에 나도 덩달아 기분이 좋아졌다. 우리는 매주 한 번씩 만날 때마다 함께 웃었고, 나는 계속 "선배님, 선배님" 했다.

사실 나는 그분들의 자식보다 젊은 나이다. 어려도 한참 어린 후배다. 이렇게 어린 나도 살아오면서 나름 힘들고 아픈 날이 많앉는데, 나보다 두 배 이상의 세월을 살아오신 그분들은 어땠을까? 상상만 해도 절로 존경심이 든다. 양적으로나 질적으로나 나보다 갑절은 넘는 고통을 견디고 버티신 그분들을 공경하지 않을 수 없다. 그 긴긴 세월 거친 인생길을 걸으며 넘어지기도, 쓰러지기도 하셨을 테다. 어느 날은 소중한 것을 뺏기기도 하고, 어느 날은 소중한 사람을 잃기도 하셨을 테다. 그때마다 툴툴 털고 다시 일어나 중심을 잡으신 덕분에 지금 여기까지 오신 거다.

그런데 안타깝게도 그분들은 본인을 대단찮게 생각하셨다. 갖은 고생을 하며 힘들게 여기까지 온 자기 인생을 대견스러워하지 않으셨다. "다 그렇게 사는데 뭘", "인생이 원래 그런 거지"라며 쑥스러워하셨다. 왜 자기 인생이 아무것도 아니라는 듯 말씀하실까? 어쩌면 정말로 자기 인생을 하찮게 여기는 게 아니라, 사느라 바빠서 자기 인생의 가치에 대해 제대로 생각할 기회가 여태한 번도 없었을 수도 있다. 그렇게 해보라고 권유한 사람도 없었을 테고.

강연이나 그룹 상담 때마다 그분들께 힘주어 말했다.

"제 머릿속에 의학 전문 지식은 들었는지 몰라도, 인생 경험은 부족합니다. 기나긴 인생 경험을 통해 터득하신 선배님들의 지혜는, 젊은이들이 공부를 한다고 책을 읽는다고 따라잡을 수 있는 게 아닙니다."

물론 나도 그동안 살아오며 쌓은 경험이 있다. 하지만 그분들에 비하면 부족해도 한참 부족하다. 인간은 살면서 나이만 먹는 게 아니다. 경험을 먹는다. 나이는 늙음의 정도뿐 아니라 경험의 양을 알려준다. 경험치의 지표다. 그리고 그 경험 중에 아프고 힘든 경험에 더 주목할 필요가 있다.

저게 저절로 붉어질 리는 없다
저 안에 태풍 몇 개
저 안에 천둥 몇 개
저 안에 벼락 몇 개

장석주의 시 「대추 한 알」의 저 구절처럼, 인간 역시 세월을 통과하면서 시련과 고난을 겪으며 성장한다.

"선배님들 경험은 돈 주고도 못 삽니다!"라고 말씀드리면, 그분들은 잠깐 먼 곳을 바라보신다. 살아오면서 몇 번이나 태풍을 만났는지, 몇 번이나 천둥과 날벼락을 맞았는지 떠올려보는 것처럼. 입술을 꽉 깨물거나 눈을 꼭 감는 분들도 있다.

나는 강연이나 상담을 계기로 선배님들을 만날 수 있지만, 내 또래 다른 사람들은 그런 기회가 있을까? 그런 면에서 나는 참 운이 좋다. 선배님들의 인생 이야기를 듣고 그 경험을 전수받을 수 있으니까.

안타깝게도 우리는 더 이상 노인을 공경하지 않는다. 불과

10~20년 전만 해도 노인 공경은 도의이자 상식이었다. 온갖 시련과 고난을 겪으며 자식들을 낳고 길렀으니 노인은 그에 마땅한 대우를 받았다. 하지만 언제부턴가 노인은 공경의 대상은커녕 존재 자체가 희미해졌다. 명절이면 자식들은 해외로 떠나고, 손주들은 학원이나 도서관 다니느라 바쁘다. 그래도 노인들은 기다린다. 행여나 연락이 올까 하고.

매달 말에 은행 계좌로 들어오는 용돈으로 그분들은 자식이 살아 있다는 걸, 자식이 살 만하다는 걸 확인하며 안도한다. 그 돈을 함부로 쓰지도 못한다. 사실 그분들은 돈이 아니라 자식들과의 따뜻한 밥 한 끼를, 손주들의 사랑스러운 말 한마디를 원한다.

그분들은 아파도 아프다고 알리지 못한다. 외로워도 외롭다고 말하지 못한다. 아무도 듣고 싶어 하지 않으니까. 아무도 자기 말에 귀 기울이지 않으니까. 입을 닫은 그분들은 우리 사회에서 점점 더 유령 같은 존재가 된다.

어쩌다가 우리는 노인에게 관심조차 잃게 됐을까? 어쩌면 공포감 때문인지도 모른다. 노후 대책을 전혀 세우지 못한 채 늙으신 그분들을 보면, 자신의 노년도 그렇게 될까 봐 두려워져 외면하는지 모른다. 똑바로 바라보지 못하니 올바른 판단을 내리지 못한다. 대충만 보니 오해가 생기고, 삐딱하게 바라보니 편견이 생긴다.

내가 만난 노인들은 결코 약하지 않았다. 오히려 강했다. 다만 자신이 강하다는 사실을 잊었을 뿐. 우리가 그들을 그렇게 만들었다. 우리가 그들의 노고와 가치를 잊어서 그들도 자기 노고와 가치를 잊어버렸다. 노인은 하는 일 없이 밥만 축내는 사람이 아니다. 아직도 힘이 있고, 여전히 일할 수 있다. 그럴 기회가 드물 뿐.

우리 사회가 나이 듦을 초라하게 만들었다. 하지만 우리도 곧 늙는다. 그러니 이제부터라도 노인을 다시 바라봐야 한다. 지금부터라도 노인을 새롭게 해석해야 한다. 노인 자살률 세계 1위 국가라는 오명에서 벗어날 수 있는 길은, 오로지 이 방법뿐이다.

4장

요즘 기분이 어떠세요?

'그만두고 싶어요'의 다른 말은
'그만두기 싫어요'.

'죽고 싶어요'의 다른 말은
'죽기 싫어요'.

내 마음이
달리 말하는 것뿐이에요.

무언가로, 누군가로 인해
내 기대가 부서지는 바람에.

'그만두고 싶어요'는
계속하고 싶은 기대가 부서져서.

'죽고 싶어요'는
살고 싶은 기대가 부서져서.

"지금 기분이 어떠세요?"

상담을 하면서 자주 하는 질문이다. 상담할 때마다 두세 번씩은 물어본다. 상대가 느끼고 있는 감정을 내가 제대로 공감하고 있는지 확인하기 위해서다. 예를 들어 상대의 이야기를 듣는 동안 내 마음이 '분노'라는 감정을 느꼈다고 해보자. 그러면 상대의 감정 역시 분노인지 확인해볼 필요가 있다. 그러지 않고 그냥 넘어가버리면 소통에 문제가 생길 수 있다. 한마디로 헛다리를 짚을 수도 있다.

상담의 기본은 이해와 공감이다. 순서를 따지면 이해가 먼저고 공감은 다음이다. 상대의 마음을 제대로 이해한다면 공감은 따라오는 것이다. 상대를 이해하는 방법으로 사람들은 '역지사지'의 자세를 말하곤 한다. 입장 바꿔 생각해보라는 뜻. 대부분이 말에 고개를 끄덕일 것이다. 하지만 이 역지사지라는 말에는 치명적인 함정이 있다. 결론부터 말하자면 입장 바꿔 생각해본 다고 모두가 같은 감정, 같은 판단에 이르지는 않는다. 이것이 문제다.

심지어 같은 처지에 있는 사람들이라도 감정과 생각과 그에 따른 행동은 제각각 다를 수 있다. 가령 학교 폭력 문제로 고등학교를 자퇴한 청소년 세 명을 떠올려보자. 이 세 명은 모두 똑같은 감정을 느낄까? 아니다. 상황을 어떻게 받아들이는지에 따라 제각각 다르다.

그러니 자신이 충분히 역지사지하고 있다는 자만에 빠져, 지금 내가 상대의 말을 듣고 느끼는 감정이 곧 상대의 감정일 것이라고 섣불리 동일시해서는 안 된다. 상대의 입장이 되어 '생각해본다'고, 내가 '상대가 되는 것'은 아니기 때문이다.

상대의 이야기를 듣는 동안 내 마음에 느껴진 주 감정은 '분노'인데 점검 결과 상대의 감정은 '슬픔'이라면, 나는 제대로 이해하지도 공감하지도 못한 것이다. 그 이유는 나를 제대로 비우지 못한 상태에서 상대의 입장에 섰기 때문이다. 이럴 경우 나는 즉시 내 오류를 인정하고 어디서부터 잘못되었는지 되짚어본다. 상대의 입장이 되었다고 믿은 바로 그 부분에서 놓쳐버린 진실을 찾아내고자 노력한다.

살아오면서 내가 겪은 개인적인 경험들과 배우고 익힌 지식들을 상대에게 더 많이 적용하려고 하면 할수록 마음의 주파수는 점점 더 어긋나버린다.

　나도 모르는 사이 판단하고 해석하려는 마음이 생길 때, 문제를 빨리 해결해주고 싶은 마음이 앞설 때, 그럴 때 나는 속으로 되뇌곤 한다.

　'나는 아무것도 모른다. 마음을 비우고 있는 그대로 듣자.'

　그러면서 확인하고, 또 확인한다.

　"지금 기분이 어떠세요?"

지금 기분이 어떠세요? 2

:: 감정 분류하기

　기분을 묻는 내 질문에 상대로부터 듣게 되는 대답은 "마음이 후련해요", "가슴이 벅차요", "마음이 휑해요", "가슴이 뜨거워요", "마음이 아파요", "가슴이 답답해요", "가슴이 쓰라려요" 등등이다.

　그런데 안타깝게도 이 단순한 질문에 답을 제대로 못 하는 사람이 많다. 그들은 "모르겠어요" 또는 "말로 표현하기가 어렵네요"라고 답한다. 그것도 아니면 "오늘 상담하길 잘했다는 생각이 들어요"라고 말하기도 하는데, 핀트가 맞지 않는 대답이다. 감정에 대해 물어봤는데, 생각을 말했기 때문이다. 감정과 생각은 엄연히 다른 것이다. 감정은 마음이 느끼는 무엇이고, 생각은 머리가 떠올리는 무엇이다.

　왜 사람들은 자기 기분을 표현하기 어려워하는 걸까? 내 생각을 말하자면, 누가 물어봐주지 않아서 그렇다. 남들도 그렇지만, 자기 자신도 자기 기분 즉 자기감정에 대해 물어보지 않는다. 어찌 보면 당연하다. 질문은 먼저 관심이 있어야 따라오는 법인데, 우리는 어려서부터 지금까지 자신이나 타인의 감정에 관심을 주는 법을 제대로 배운 적이 없다. 우리의 감정은 여태 방치되어왔다.

아이들의 행동을 근거로 야단치거나 칭찬하는 등 평가를 하는 어른은 많다. 그런데 지금 어떤 기분이냐고 아이들에게 물어보는 어른은 드물다. 동생에게 장난감을 양보한 형에게 칭찬만 하는 게 아니라 지금 기분이 어떠냐고 물어볼 줄 아는 부모는 얼마나 될까? 친구를 밀친 아이를 혼만 내는 게 아니라 그 아이의 감정을 궁금해하는 선생님은 또 얼마나 될까? 그런 어른이 드문 이유는 그들 역시 어린 시절부터 지금까지 기분이나 감정에 관심을 기울이는 법을 배운 적이 없기 때문이다.

"오늘은 뭐 배웠니?", "커서 어떤 사람이 되고 싶니?" 같은 질문은 이 사람 저 사람에게서 자주 들었지만 "기분이 어때?"라는 질문은 거의 들어보지 못한 아이들, 울기라도 하면 "뚝 그치고 말해!"라는 다그침이나 "그런 일 가지고 우냐?"는 타박만 받은 아이들, 그런 아이들이 성인이 되어 "기분이 어떠세요?"라는 질문을 난생처음 받았으니, 답을 하지 못하는 건 어쩌면 당연한 일이다.

기분이 어떠냐는 질문에 모르겠다는 대답보다 그나마 나은 대답을 내놓은 경우라도, 여전히 자기감정을 잘 모르는 사람이 많다. 가령 가슴이 뜨겁다고 해놓고는 "이게 무슨 감정인지는 모르겠어요"라고 덧붙인다. 이런 경우 나는 상대의 말 속도와 어조 외에도 얼굴 표정이나 눈빛, 자세 같은 비언어적 정보를 최대한 활용해 예측되는 감정을 상대에게 물어본다. 예를 들면 "혹시 지금 느껴지는 감정이 절망감에 가까운가요?"라고.

다행히 처음부터 알아맞히는 경우도 있지만, 그렇지 못한 경우도 있다. 상대가 "잘 모르겠지만 절망감은 아닌 것 같아요"라고 대답하는 경우다. 그러면 상대가 지금 느끼고 있을 가능성이 큰 다른 감정들을 최대한 많이 제시해본다. 상대가 자신이 느끼는 감정을 제대로 찾을 때까지. 이때도 중요한 것은 내가 역지사지하고 있다는 자만을 경계하는 것이다. 그래서 상대에게 묻고 또 물어보면서 확인해야 한다.

이런 과정은 상담자와 내담자 모두에게 매우 중요하다. 이런 과정을 통해 상담자는 내담자에 대해 더 많이 알아갈 수 있고, 내담자는 스스로 자기감정을 분류할 줄 알게 된다. 내담자 스스로가 자기감정에 관심을 기울이는 것, 자기 마음을 이해하는 것이야말로 치료의 시작이라 할 수 있다. 따라서 내 역할은 상대가 자기감정을 제대로 이해하고 그것을 제대로 표현할 수 있도록 성심성의껏 도와주는 것이다. 그래서 나는 오늘도 이렇게 묻는다.

"지금 기분이 어떠세요?"

행복은 주관적인 것이다

남들이 아무리 나에게 "너는 행복하지?"라고 부러운 듯 말해도 내가 행복을 못 느끼면 행복하지 않은 것이다. 반대로 "너 참 불행한 것 같아", "어떻게 그렇게 살아?"라고 남들이 말해도 내가 행복을 느낀다면 행복한 것이다. 남들이 나에게 행복을 강요한다고 해서 행복해지는 것도 아니고, 남들이 나의 불행을 소망한다고 해서 불행해지는 것도 아니다. 행복의 기준은 오로지 나에게 있기 때문이다. 행복을 느끼는 건 그 누구의 마음도 아닌 바로 내 마음이기 때문이다.

선택할 수 없는 것에 매달리지 마라

행복은 자신의 선택에 달려 있지만, 애초부터 인생에서 선택이 불가능한 것들도 있다. 뭐가 있을까? 일단 부모가 있다. 어머니, 아버지는 내 선택과 무관하게 이미 정해져 있다. 어떤 부모를 만났느냐에 따라 내 삶의 시작이 달라진다. 부모의 성격, 양육 태도, 거주 환경, 경제 사정 등이 내 삶에 큰 영향을 준다. 이런 조건들은 타고나는 것, 다시 말해 내가 선택할 수도 없고 바꿀 수도 없는 부분이다. 부모 말고도 내가 선택할 수 없고 바꿀 수도 없는 것들은 꽤 많다.

그런데 선택할 수 없는 것을 선택하려고 애를 쓰는 경우가 있다. 예를 들면 자녀의 성별을 선택하려는 것이다. 부모는 딸이나 아들을 선택할 수 없다. 딸이 생기면 딸을 낳을 뿐이고 아들이 생기면 아들을 낳을 뿐이다. 그럼에도 불구하고 굳이 불가능한 선택을 하려고 애쓰는 사람들이 있다. 그런 사람들에게 이렇게 말해주고 싶다.

"선택하지 않길 선택하세요!"

"불행을 스스로 자초하지 마세요. 선택 불가능한 것을 선택하려고 할 때 불행은 시작됩니다!"

나부터 바꿔야 한다

내 주변 사람들이나 환경을 바꿔서 행복해지려면 꽤 많은 시간과 에너지가 필요하다. 게다가 투자한 만큼의 성과를 장담할 수도 없다. 그러니 외부로 향하고 있는 관심을 내부로 돌릴 필요가 있다. 다른 사람들이나 다른 것들을 바꾸는 대신 나 자신을 바꾸는 것이다. 나를 바꿀 수 있는 기회는 내가 살아 있는 한 언제, 어디서든 가능하다.

물론 결코 쉽지 않은 일이다. 하지만 스스로를 바꿔서 얻게 되는 행복은 오랫동안, 그리고 안정적으로 지속될 수 있다. 주변 환경과 상황은 언제 바뀔지 모르기 때문에 그것에만 매달렸다간 내 행복은 예측할 수도 없고 제어할 수도 없게 된다. 그런 의미에서 외적인 조건들에 의해 좌우되는 행복은 진정한 행복이라고 할 수 없다.

다시 강조하지만, 자신의 변화에 집중해야 한다. 공부가 부족해서 열등감과 위축감을 느낀다면 공부를 하고, 야식 먹는 습관 때문에 자괴감을 느낀다면 그 습관을 고쳐야 한다. 소심하고 내성적인 성격이 불만이라 자책하고 있다면 더 늦기 전에 성격을 고쳐야 한다. 만약 성격을 고칠 수 없다면 내 성격을 부정적으로 평가하는 내 판단부터 고쳐야 한다.

행복은 키워가는 것이다

행복은 만들어가는 것이고 키워가는 것이다. 하루아침에 사람이 바뀌진 않는다. 외모도, 공부도, 습관도, 성격도 꾸준하게 시간과 에너지를 쏟아야 조금씩 변한다. 그러면서 행복도 서서히 자라난다. 행복은 어느 날 갑자기 찾아오는 것이 아니다. 아니 행복은 찾아오는 것이 아니기 때문에 기다리고 있어선 안 된다. 행복과 행운은 다르다. 갑자기 찾아온 행운도 잘 관리해야만 행복이 된다.

행복은 '예', '아니오'로 대답할 수 있는 개념이 아니다. 정도의 개념, 다시 말하면 점수의 개념이다. 그래서 나는 "행복하세요?" 대신 이렇게 묻는다. "행복 점수가 100점 만점에서 몇 점쯤 되세요?" 어떤 사람은 10점이라고 하고, 어떤 사람은 50점이라고 한다. 10점이라고 한 사람은 자신이 행복하지 않다고 생각할 것이다. 그렇다면 50점이라고 한 사람은 행복한 걸까 행복하지 않은 걸까? 행복하지도 불행하지도 않다고 해야 할까? 결론을 말하면 굳이 판단할 필요가 없다. 10점이라고 한 사람은 10점에서 30점으로 점수를 올리면 그만이고, 50점이라고 한 사람은 70점으로 올리면 그만이다. 결국 우리가 해야 할 일은 행복 점수를 올리는 것, 즉 행복을 키우는 것뿐이다.

지금부터는 내가 공부한, 행복을 키울 수 있는 다섯 가지 방법을 소개하겠다.

1. 삶의 즐거움을 음미하라

'음미한다'는 말이 처음엔 낯설었다. 늘 무언가에 쫓기듯 여유를 잃고 정신없이 살았기 때문이다. 음미를 하려면 깊이가 있어야 하고, 깊이가 있으려면 머묾이 필요하다. 나는 음미와는 동떨어진 삶을 살았다. 하나의 과제를 마치면 그다음 과제를 붙들고, 그 과제를 마치면 다시 그다음 과제를 붙잡는 식으로. 밥도 거의 마시다시피 해서 식사는 5분이면 끝났다. 밥 먹는 시간을 줄여서 일하는 시간을 벌기 위해서였다. 행복한 사람들은 삶의 즐거움을 음미할 줄 안다는데, 나는 음미는커녕 삶 자체를 과제로 삼으며 살았다. 그동안 열심히, 바쁘게, 잘 살아왔다고 믿었는데 행복한 삶과 반대되는 방식으로 살았던 것이다.

살다 보면 기쁜 일도 화나는 일도 있고, 즐거운 일도 슬픈 일도 있기 마련이다. 행복한 사람들은 화나고 슬픈 일보단 기쁘고 즐거운 일에 마음을 더 기울인다고 한다. 나는 기쁨은 얕게, 슬픔은 깊게, 즐거움은 짧게, 노여움은 길게 느끼며 살았다. 그러다 보니 삶의 기쁨과 즐거움이 슬픔과 노여움에 묻혀버렸다. 행복이 들어올 틈을 안 줘서 행복이 스며들 수가 없었던 것이다.

끝나지 않는 과제의 쳇바퀴 위를 끊임없이 달려왔던 나에게 새로운 과제가 생겼다. 쳇바퀴 위에서 서서히 속도를 늦추는 것. 시도해보니 만만치 않은 일이다. 그래도 계속해나가야 한다. 삶의 즐거움을 음미할 수 있는 여유를 얻기 위해서. 나의 행복을 위해서.

2. 자신이 가진 모든 것들에 대해 감사하라

행복한 사람들은 누군가에게 무언가를 받아서 느끼는 감사를 넘어 자신이 가진 모든 것들에 감사한다고 한다. 그래서 먼저 내가 가진 것들이 무얼까 생각해봤다.

아내와 두 아들, 부모님, 그리고 동생네와 처제네가 있다. 고등학교와 대학교 동기들 및 선후배들, 정신과 스승들, 의국 선후배들과 직장 동료들이 있다. 그리고 전세이긴 하지만 집이 있고, 큰 차는 아니지만 차도 있고, 일을 하고 돈을 벌 수 있는 직장이 있다. 깨어 있는 동안 늘 함께하는 안경이 있고, 어디든 함께 다니는 핸드폰이 있다. 그리고 16년 만에 딴 정신과 전문의 자격증도 있다. 사람들과 물건들 말고 뭐가 더 있을까? 지금 내가 책을 쓸 수 있게 해주는 두 눈과 두 손. 상담할 때 환자의 사연에 공감할 수 있게 해주는 두 귀와 마음. 강연을 통해 지식과 경험을 전달할 수 있게 해주는 입과 여기저기 찾아갈 수 있게 해주는 두 다리.

내가 가진 것들은 그 외에도 많을 것이다. 그런데 우리는 갖지 못한 것들을 바라보느라, 없는 것들을 쳐다보느라 정작 가지고 있는 것들을 잊어버리고 산다. 집 떠나면 개고생이라는 말은, 집이란 공간을 벗어나야 집의 소중함을 알게 된다는 뜻이다. 가족도 떨어져 있어야 그 소중함을 알게 된다. 그러기 전까지는 심지어 집이, 가족이 있다는 사실조차 잊기도 한다.

잊는 것은 잃는 것과 같다. 잊으면 없는 것과 마찬가지니 곧 잃는 것이다. 그러니 오늘부터는 우리가 가진 것들을 잊지 않았으면 좋겠다. 우리가 가지지 않은 것들, 가지지 못한 것들에게 시선을 뺏기느라 우리가 가진 것들마저 뺏기지 않았으면 한다. 이것이 바로 우리가 가진 모든 것들에 감사하는 첫걸음이다.

3. 타인에게 먼저 도움의 손을 내밀어라

아픈 사람 치료하는 것이 의사의 일이니, 따지고 보면 직업 자체가 타인에게 손을 내미는 일일 수도 있다. 특히 정신과 의사는 마음이 힘들어 쓰러진 사람들에게 손을 내밀어 일으켜 세워주는 일을 한다. 그런데 마음에 걸리는 부분이 있었다. '먼저'라는 말. 나는 과연 먼저 도움의 손을 내밀고 있을까? 그건 아닌 것 같았다.

정신과 전문의로서 일을 시작한 첫 주에 ○○시 자원봉사센터로 문의 전화를 한 적이 있다.

"안녕하세요, 저는 ○○병원 정신과 전문의 임재영입니다. 개인적으로 무료 상담 봉사를 하고 싶은데, 혹시 가능할까요?"

돌아오는 대답은 "죄송하지만 그런 봉사는 없습니다"였다. 실망스러웠다. '이번에 한번 해보면 되겠네요'라는 말을 겨우 삼키고, 혹시 그런 일을 하게 되면 알려달라며 연락처를 남겼다. 하지만 기다려도 연락은 없었다.

그러다 결국 상담 트럭을 직접 만들게 된 것이다. 먼저 도움의 손을 내밀기 위해.

4. 현재에 충실하라

이 말은 첫 번째로 든 '삶의 즐거움을 음미하라'와 연관이 있다. 앞에서도 말했듯이 나는 어떤 일을 하고 있으면서도 그다음 일을 생각했다. 빨리 일을 처리하고자 하는 조급한 마음 때문인데, 정도가 지나치다 보니 현재에는 충실하지 못하고 미래만 바라봤던 것이다.

예전에 어디에선가 봤던 카툰이 떠올랐다. 한 남자가 직장에선 골프를 생각하고, 골프를 치면서는 여자 친구를 생각하고, 여자 친구와 있으면서는 일을 생각하는 그림이었다. 현재에 충실하지 못한 사람을 아주 이해하기 쉽게 표현하고 있었다. 우리는 현재에 있으면서도 과거를 후회하거나 미래를 미리 걱정하느라 마음을 콩밭에 보낸다. 과거나 미래는 우리가 손쓸 수 없는 시간들인데 말이다.

우리가 어찌할 수 있는 시간은 오로지 현재, 지금뿐이다. 우리가 지금, 여기서 하고 있는 일이나 할 수 있는 일에 집중해야 행복해질 수 있다.

5. 평생 지속할 수 있는 목표에 헌신하라

평생이란 단어는 거창하고, 목표라는 말은 비장하고, 헌신이란 말은 살짝 버겁다. 어떤 목표가 평생 지속할 수 있는 것일까?

목표는 스마트(SMART)해야 한다고, 즉 구체적이고(specific) 측정 가능하고(measurable) 성취할 수 있고(achievable) 현실

적이고(realistic) 정해진 마감 시간(time-limited)이 있어야 한다고들 한다.

하지만 행복 추구 차원에서의 목표는 그와는 다르다. 행복을 키우겠다는 목표는 구체적이지도 않고, 측정과 성취가 어느 정도는 가능하나 그 기준은 다소 모호하며, 따라서 현실적이지도 않다. 마감 시간을 정할 수도 없다. 내가 죽는 날을 미리 알 수 없어서다.

도리어 그래서 더 좋을 수도 있다. 외부에서 제시하는 온갖 기준에 시달리지 않고, 오로지 내 행복을 위해 내가 정한 목표에 헌신하기만 하면 되니까.

나는 무언가를
'버린' 사람이 아니다

　방송 프로그램에 처음 출연했을 때 이런 질문을 받았다. "그 많은 월급을 포기하고 왜 거리로 나왔나?" 내가 볼 때 이 질문의 포인트는 전에 받던 월급 액수가 아니라 '왜 거리로 나왔나?'에 있었고, 그에 중점을 두고 나름대로 최선을 다해 답했다.

　방송이 나간 뒤 사방팔방에서 인터뷰 요청이 쇄도했다. 센터로 전화가 빗발쳤고, 수십 통의 메일이 쏟아졌다. 모두들 내게 찬사를 보냈다. 다들 돈, 돈, 돈 하는 세상에서 돈을 마다한 대단한 의인인 양 나를 추켜세웠다. 그게 좀 부담스럽기도 했지만, 내가 시작한 '트럭 상담' 일이 알려질 수 있는 계기 정도로 생각했다. 며칠 뒤 내게 연락을 준 많은 사람들 중 한 잡지사 기자와 인터뷰를 했다. 얼마 전의 방송 출연도 그랬지만 기자와의 단독 인터뷰도 난생처음 해보는 일이었기에, 한 시간가량 시간 가는 줄도 모르고 질문 하나하나에 성심성의껏 답변했다.

얼마 후 기사가 떴다고 해서 확인해봤다.

'첫 달 통장에 찍힌 1000만 원, 감격은 오래 못 갔어요'.

손이 오그라들 정도로 낯 뜨거운 제목이었다. 한 시간 동안 입이 마르도록 나의 가치관에 대해서 이야기했건만, 제목에서 강조된 것은 내가 전에 받았던 월급 액수였다. 월급이 공개되는 바람에 본의 아니게 여러 사람들에게 피해를 줬다. 우선 같은 병원에서 일했던 동료 의사 선생님들을 난처하게 만들었는데, 자신의 수입이 난데없이 공개되는 상황에 처해졌기 때문이었다. 또한 병원 내 다른 부서 동료들은 의사 월급을 알고 나서 박탈감을 느끼기도 했다. 알고 보니 피해를 본 사람들은 같은 병원에서 일했던 동료들만이 아니었다. 내가 방송이나 인터뷰를 통해 직접 했던 말과 내 말을 간접적으로 옮긴 글로 인해, 의사들은 '돈 밝히는 집단'이라는 식의 비난이 퍼져 있었다. 의도한 것도 계획한 것도 아니었지만 그렇게 되어버렸다. 내 말의 본질은 파묻히고 의사 수입에 관한 화제만 남은 듯했다.

무언가 원망스러운 마음에 모든 방송과 인터뷰 요청을 거절했다. 그리고 일이 왜 이렇게 됐나 곰곰이 생각해보니 차차 이해가 갔다. PD나 방송 작가 혹은 기자 입장에서는 시청자나 독자를 '낚는' 일이 그들의 의무였다. 자기 프로그램의 시청률, 자기 기사의 조회수가 그들에게는 자기 업무의 성과를 보여주는 척도일 수밖에 없으니까. 그런 그들에게 '월급 1000만 원', '억대 연봉'은 꽤 쓸 만한 아이템이었을 것이다. 이렇게 생각하고 나니 원망스러웠던 마음이 어느 정도 누그러졌다. 게다가 애초에 내가 실수했던 부분도 있었다. 전에 받았던 내 연봉을 입 밖으로 발설한 것은 그 누구도 아닌 나 자신이었다. 앞으로 일이 어떻게 돌아갈지 모르고 뱉은 말이었지만 말이다.

이 책의 지면을 빌려서, "그 많은 월급을 포기하고 왜 거리로 나왔나?"라는 질문에 제대로 답하고 싶다.

나는 그 월급을 포기하고 싶어서 포기한 게 아니다. 거리로 나오려면 포기할 수밖에 없기에 포기한 것이다. 방송이나 기사로 내 이야기를 접한 사람들은 나를 '고액 연봉을 버린 의사'로 기억한다. 하지만 나는 무언가를 '버린' 사람이 아니라, 무언가를 '얻기 위해' 거리로 나온 사람이다. 사회에 공헌하기 위해 돈을 마다했던 것도 아니다. 까놓고 말해 사회에 공헌하려면 오히려 돈이 더 필요할 수도 있다.

나는 무엇을 얻기 위해 병원을 나왔나? 새로운 경험을 통해 깨달음과 성장을 얻고 싶었다. 그러기 위해선 병원보다는 거리가 적합했다. 병원 일만 하면 내가 원하는 새로운 경험과 그로 인한 성장을 얻을 수가 없었다. 병원 밖에서 상담하고 강연하며 정신 질환에 대한 부정적인 편견을 고치는 일을 하고 싶었다. 다시 말하자면 나는 그저 가슴 뛰는 일을 하고 싶었다.

가슴 뛰는 일을 하려면 나에겐 돈보다는 시간 확보가 절실했다. 내 시간을 내가 원하는 일에 쓰려면 병원을 나올 수밖에 없었다. 나는 행복해지기 위해 거리로 나섰다. 그러니 나를 돈을 포기한 사람이 아니라, 행복을 얻기 위해 도전하는 사람으로 기억해주길 바란다.

이 글을 읽고 누군가는 또 머릿속으로 '돈 밝히는' 의사들과 그렇지 않은 의사들을 구분할지도 모르겠다. 만약 그렇다면 돈, 돈, 돈 하는 사람이 자신은 아닌지 한번 점검해봤으면 좋겠다.

나도 욕할 수 있다!

　감정 노동자들을 대상으로 강연을 했다. 주최 측이 제시한 '직무 스트레스 관리'라는 주제의 강연에, 나는 '감정 노동자들을 위해'라는 제목을 달았다.

　'감정 노동'은 자신의 진짜 감정을 억누르는 일을 수반하는 노동을 말한다. 따라서 감정 노동자들은 자신의 진짜 감정을 숨기고 가짜 감정을 드러내는 감정 연기를 해야 한다. 웃고 있는 가면으로 얼굴을 덮어야 한다. 얼굴에 땀이 차고, 숨이 막힐 지경이어도 계속 그 가면을 쓰고 있어야 한다. 그래야 먹고살 수 있으므로, 그래야 살아남을 수 있으므로.

　이렇게 진짜 감정을 억압하고 게다가 가짜 감정 연기까지 하는 데에는 어마어마한 에너지가 쓰인다. 감정 노동은 그 자체로 하드코어다. 감정 노동자라고 하면 일단 서비스업 종사자들이 떠오르겠지만, 훨씬 광범위한 직군이 감정 노동에 시달리고 있다.

사람을 대하는 일을 하면서 자신의 진짜 감정을 숨겨야 하는 사람 모두가 감정 노동자라고 할 수 있다.

원래 감정은 거짓말을 못한다. 남에게 자신의 감정을 숨기거나 속일 수는 있다. 하지만 나 자신에게 내 감정을 속일 수는 없다. 감정은 몸으로 고스란히 느껴지는 것이기 때문이다. 다만 느껴지는 감정을 억지로 외면할 수는 있다. 다시 말해 억압할 수는 있다. 감정 노동자들은 억울해도, 화가 나도, 모욕적이어도, 상대에게 미소까지 지어가면서 부정적인 감정을 억압하며 하루하루를 산다.

하지만 그런 식으로 참고 넘긴다고 부정적인 감정 자체가 눈 녹듯이 사라지진 않는다. 풀지 않으면 고스란히 차곡차곡 쌓여만 간다. 그러다가 감정 탱크는 결국 용량을 초과해 폭발하고 만다. 우리는 그 용량의 한계를 미리 알 수 없다. 폭발하고서야 알게 된다.

자기도 모르게 용량을 넘어 쌓여가던 감정을 한꺼번에 폭발시키고 나면, 그 후유증이 그간의 감정 노동 못지않게 본인을 괴롭힌다. 좀 더 참지 못한 자신을 자책하기도 하고, 하필 그 시간, 그 장소에 같이 있다가 불똥이 튄 사람에게 죄책감을 느끼기도 한다. 하지만 이미 벌어진 일이다. 폭발해버리고 나면 이미 늦은 것이다.

이렇게 이미 늦어버려 손쓸 수 없는 상황을 예방하려면 그때

그때 감정을 풀어줘야 한다. 다시 말하지만, 우리는 자신의 감정 탱크 용량을 미리 알 수가 없다. 따라서 참을 수 있을 때까지 참아보자는 식의 자세는 자신의 감정 탱크를 속수무책으로 방치하는 것이나 다름없다.

나는 '감정 노동자들을 위해'라는 제목의 강연에서, 감정 노동자들의 마음에 쌓일 대로 쌓인 부정적인 감정을 빼주는 시간을 마련했다. 앞으로 상식에 어긋나는, '갑질'하는 사람들을 만나면 속으로 이렇게 되뇌라고 했다.

"지가 정말 갑인 줄 아나? 육갑 떨고 자빠졌네!"

그리고 다 함께 이 말을 세 번씩 외쳐보자고 했다. 처음엔 다들 어색해하며 작은 목소리로 겨우 따라 하더니, 두 번째는 입이 더 벌어지며 목소리가 조금 커졌고, 세 번째는 모두가 한마음, 한 목소리로 크게 외쳤다. 몇몇 사람들은 그렇게 외치고 나서 통쾌한 듯 크게 웃기도 했다. 우리는 다 같이 격렬히 박수를 치며 강연을 마무리했다. 강연장을 빠져나오는데 한 분이 따라오시며 이렇게 말씀하셨다.

"선생님, 이렇게 통쾌한 강연은 처음이에요! 제가 평소에 욕을 못 하는 사람인데, 막상 해보니 답답했던 마음이 뻥 뚫리는 것 같아요!"

압력 밥솥에 증기 배출구가 있듯이, 우리 마음에도 배출구를 마련해서 쌓여 있던 부정적인 감정을 수시로 빼줘야 한다. 평소에 욕을 못 하는 사람은 강연장에서 만난 그분만이 아닐 것이다. '나도 욕할 수 있다!'는 자세로 같은 처지의 감정 노동자들끼리 모여 속시원히 욕을 해보는 것, 사소하고 귀여운 이벤트에 불과할지언정 이렇게라도 부정적인 감정을 배출하는 습관을 들여야 한다. 어쨌든 우리는 이 세상을 살아내야 하니까.

남이 아니라
나를 살피기

주말인데도 핸드폰으로 계속 연락이 온다. 하지만 내 핸드폰은 소리도 내지 않고 진동도 하지 않는다. 무음 모드이기 때문이다. 불과 1년 전만 해도 상상도 할 수 없는 일이었다. 그때만 해도 혹시나 카톡을 제때 못 볼까 봐, 중요한 전화를 못 받을까 봐 늘 핸드폰을 곁에 두고 살았다.

그러던 내가 핸드폰을 무음 모드로 바꾼 건 소진증후군이 격정되어서였다. 소진증후군은 죽고 사는 문제라고 할 수 있을 정도로 심각한 병이다. 심각한 소진증후군은 정신적 사망과도 같기에 '죽고 사는 문제'라는 표현은 결코 과장이 아니다. 소진증후군은 다른 말로 번아웃증후군이라고도 하는데, 말 그대로 다 타버리고 재만 남은 상태를 이른다. 내가 강연할 때 즐겨 쓰는 비유는 '정신의 배터리가 방전된 상태'다.

우리는 핸드폰 배터리 잔량이 10퍼센트 아래로 떨어지면 얼른 충전을 하려고 애쓴다. 반면 자기 정신의 배터리 잔량은 10퍼센트 아래로 떨어져도 그 사실을 인식조차 못 한다. 핸드폰 배터리 잔량처럼 눈으로 확인이 안 되기 때문이다. 그러다 보니 충전할 시기를 놓치게 된다.

　나도 전문의가 된 지 얼마 안 돼 번아웃증후군을 경험했다. 증상은 한마디로 요약하면 자아 상실감이다. 나는 누구인가? 내가 있는 여기는 어디인가? 나는 어디로 가고 있는가? 나는 무엇 때문에, 왜, 이 일을 하고 있는가? 이런 난감한 질문들이 자신 앞을 가로막으면, 여태 해왔던 익숙한 일이 갑자기 낯설어진다. 어디서부터 어떻게 시작해야 하는지 막막해지고, 이제껏 무슨 수로 해왔는지 영문을 모르게 된다. 비유하자면, 늘 다니던 귀갓길 한중간에서 갑자기 집으로 가는 방향을 잃어버린 심정이랄까. 이제 더 이상 예전처럼 일하지 못할 것 같은 절망감과 무력감이 엄습한다.

　번아웃증후군의 원인은 무엇일까? 페이스 조절 실패다. 타고난 체력이 서로 다르듯 타고난 정신 에너지량도 서로 다르기에 자신의 정신 에너지량을 미리 알아둘 필요가 있다. 하지만 자신의 정신 에너지량을 아는 사람도 그 한계를 스스로 넘어설 때가 있다.
　가령 헬스클럽에서 트레드밀 위를 달리는 사람을 상상해보자.

그는 자신의 체력에는 시속 10킬로미터의 속도로 일정 시간을 달리는 것이 적합하다는 것을 잘 알고 있으면서도 가끔 속력을 그 이상으로 높여 무리할 때가 있다. 결국 그러다가 번아웃된다. 그럴 줄 뻔히 알면서도 왜 오버페이스를 하는 걸까?

다음 두 가지 경우로 정리할 수 있다. 첫째, 내 페이스대로 10킬로로 달리고 있는데 몇몇 사람들이 다가와 잘한다며 박수를 치기 시작한다. 그중 한 명이 더 빨리 뛰어보라는 말까지 덧붙인다. 우쭐해진 기분에 12킬로로 속도를 올리니 박수 소리가 더 커진다. 그러면 속도를 더 올리고 싶어져 15킬로로 올린다. 이것이 바로 오버페이스의 메커니즘이다.

또 다른 경우는 누군가가 바로 자기 옆에 있는 트레드밀 위에 올랐을 때다. 처음엔 자기 페이스대로 달리다가, 옆 사람이 중간에 트레드밀 속도를 올리면 갑자기 자신이 느려진 것처럼 느껴진다. 사실은 느려진 게 아니라 평소 그대로임에도 불구하고. 이러다가 점점 더 뒤처지겠다는 불안감에 자신도 속도를 올린다.

이렇듯 오버페이스는 남에게 인정받고자 하는 욕구와 경쟁에서 이기고자 하는 욕구에서 비롯된다.

전문의 초창기 시절 번아웃이 되었던 원인 또한 다르지 않았다. 나보다 먼저 전문의 자격증을 딴 동료들을 따라잡으려는 경쟁심, 그리고 환자들에게 인정받고자 하는 인정 욕구 때문이었다. 그러다 결국 전문의 2년차 때 퍼지고 말았다. 당황스러웠다.

나는 더 이상 열정적인 사람이 아니었다. 모든 게 무의미하게 느껴지고, 하염없이 무력하기만 했다.

번아웃을 경험하고서야 내가 오버페이스했음을 깨달았다. 점심시간에도 밥을 거르면서 일하고, 퇴근 시간이 지나서도 보호자와 상담 전화를 하고, 주말에도 자발적으로 출근하고, 심지어 휴가 기간 첫날에도 오전 회진을 돌고 나서야 병원을 떠난 내 모습이 그제야 떠올랐다. 나는 일중독이었다. 번아웃은 바로 나 같은 일중독자에게 찾아온다. 일중독자는 직장에서 모범 사원이나 능력자라고 불리기도 하는데, 그래서 더 일중독의 악순환에서 벗어나지 못한다. 다른 한편 일중독자는 이겨야만 직성이 풀리는 경쟁적이고 승부욕이 강한 사람, 혹은 완벽주의적인 성향을 가진 사람이기도 하다. 그런 사람들은 같은 일을 해도 에너지를 더 많이 소모하기 때문에 그들에게 번아웃증후군은 예고된 재앙이나 다름없다.

번아웃증후군은 어떻게 예방할 수 있을까? 원인이 오버페이스이니 그것을 유발하는 경쟁심과 인정 욕구를 조절하면 된다. 특히나 눈에 보이는, 혹은 의도적으로 설정한 경쟁 상대가 없을 때도 끊임없이 작동하는 인정 욕구는 원초적 본능에 가까우니 그야말로 강적이라 할 수 있다. 그래서 미리 확실히 해둬야 할 게 있다. 인정 욕구를 이기려고 해선 안 된다. 애초에 이길 수 없는 상대이니, 싸우지 않는 게 상책이다. 오히려 인정 욕구를 잘 이해해 그것과 가까워져야 한다. 인정 욕구를 제대로 알려면 우리의 어린 시절부터 돌이켜봐야 한다.

우리가 태어나 처음 만나는 타인은 부모다. 한동안은 부모가 나(자식)를 있는 그대로 인정해주지만, 그 시기를 지나면 부모는 자신이 바라는 무언가를 해내야만 나를 인정해준다. 거기 휘둘리다 보면, 어느 순간 내 행동의 결정 주체가 나에서 부모로 바뀐다. 그렇다고 나라는 자아를 완전히 버릴 수도 없다. 그래서 불쑥불쑥 내 마음 가는 대로 하다가 야단을 맞기도 한다. 물론 내가 하고 싶은 것과 부모가 바라는 것이 일치하는 더 바랄 게 없는 상황이 오기도 하지만, 많은 경우 그 두 가지는 일치하지 않는다. 그럴 때 선택은 둘 중 하나다. 순응 아니면 반항.

순응하면 인정받는다. 사실 진짜 문제는 그때부터 시작된다. 부모의 기대는 계속 커지기 때문이다. 반에서 10등 할 땐 5등을 바라던 부모가, 5등을 해냈더니 다시 3등을 하길 바란다. 환장할 노릇이다. 그래도 부모가 기뻐하며 대견해하는 모습이 아른거려 잠을 줄여 더 열심히 공부한다. 며칠 무리해서 그런지 코피가 터진다. 쉬엄쉬엄하라는 신호이자 경고다. 하지만 멈출 수가 없다. 부모의 환호와 칭찬을 다시 듣고 싶기 때문이다. 자랑스러운 자식이 되고 싶기 때문이다.

어린 시절에는 집도 없고 돈도 없다. 부모가 없으면 나도 없어질 것 같다. 부모가 날 버리면, 나라는 존재 자체가 이 세상에서 없어져버릴 것만 같다. 그래서 우리는 그때부터 열심히 뛰었는지 모른다. 인정받기 위해, 버림받지 않기 위해. 그러다 관성이 붙었는지 어른이 되어서도 계속 열심히 뛴다. 여전히 부모에게 인정받고 싶어서일 수도 있고, 부모처럼 나를 좌지우지할 수 있는 다른 대상에게 인정받고 싶어서일 수도 있다. 이런 인정 욕구가 번아웃증후군의 근원이다.

그럼 이제 이런 강적을 어떻게 다루어야 할까? 그동안 박수를 받기 위해 '남'에게로 향했던 시선을, 지금부터는 '나'에게로 돌려야 한다. 다시 말하면 이제 남이 아니라 나를 살펴야 한다.

아무런 힘이 없던 어린 시절에는 남이, 다시 말해 부모를 포함한 어른들이 우리 삶에 절대적인 존재였다. 하지만 지금은 아니다. 자기 자신에게 나는 더 이상 어렸을 적 그 아이가 아니라는 사실을 알려줘야 한다. 그 아이처럼 어른에게 박수 받으려하지 말고, 어른이 된 나 자신에게 박수 받으려 노력하자고 알려줘야 한다. 이제부터는 어른인 내가 자신에게 박수를 쳐주면 된다. 나를 인정해주는 사람이 남이 아닌 나로 바뀌면, 내 인생의 주도권을 쥐는 사람도 내가 된다. 그렇게 되면 내 페이스는 내가 스스로 조절할 수 있다. 인정 욕구를 스스로 통제할 수 있으면 번아웃을 막는 것은 물론이고, 내 인생의 진정한 주인이 될 수 있다.

핸드폰이 내 주인인지, 내가 핸드폰 주인인지 헷갈렸던 시절이 있었다. 이제 나는 주중에는 저녁 6시 이후, 주말에는 하루 종일, 핸드폰을 무음 모드로 해놓는다. 주인인 내가 꺼지지 않도록, 내 핸드폰 벨소리를 꺼놓는다.

5장

나도 행복할 수 있을까

겨울이 다시 찾아왔습니다.

우리가 부르든 안 부르든
아랑곳하지 않고
겨울은 다시 찾아옵니다.

우리 서로 몸을 맞대고
서로 마음을 부비며
겨울이 지나가길 기다려야 합니다.

우리가 원하든 원하지 않든
겨울은 때가 되면 지나갑니다.
그리고 봄이 다시 찾아오지요.

우리 함께 몸을 맞대고
함께 마음을 부비며
봄이 올 때까지 기다렸으면 합니다.

오늘은 2017년 12월 28일. 올해 마지막으로 상담 트럭이 거리로 나서는 날이다. 마침 내 생일이라 나로서는 더 의미 있는 날이다. 오늘 찾아갈 지역은 성남시다. 사실 오래전부터 꼭 찾고 싶었던 곳이자, 오늘을 위해서 아끼고 아꼈던 곳이다. 성남시에 '신해철 거리'가 조성된다는 소식을 들은 그날부터 오늘을, 그곳에 내 상담 트럭이 설 오늘을 상상해왔다. 내 영웅과 내 꿈이 만나는 날이다.

　기온이 영하 7도까지 떨어진다고 해서 핫팩을 여러 개 준비했다. 잠시 후 만날 마음 시린 사람들에게 미리 데워둔 핫팩을 나눠드리면 좋을 것 같아서. 그분들이 트럭을 떠나실 때도 하나 더 챙겨드리려 한다.

　그리고 오늘은 특별 선물까지 따로 마련했다. 미니 하트 쿠션. 내 생일날 자신의 고민을 내게 털어놓아주시는 분들께 드리고 싶어서 챙겼다. 물론 아직 그분들이 누군지도 모르고, 그분들은 오늘이 내 생일인 줄도 모르겠지만.

약속한 상담 시간보다 한 시간 일찍 도착했다. 상담 트럭을 세울 공영 주차장을 물색해놨지만 빈자리를 찾을 시간도 필요하고 예상치 못한 돌발 상황에도 대비해야 하기 때문이다. 게다가 오늘은 특별히 상담 전에 '신해철 거리'를 둘러볼 계획이라 더 일찍 서둘렀다. 계획한 대로 공영 주차장에 무사히 트럭을 세웠다. 운좋게도 어렵지 않게 빈자리를 찾을 수 있었다. 전기를 빌려 쓸 만한 자리는 아니었다. 주차 관리소와 너무 떨어져 있었다. 그나마 핫팩을 챙겨 온 걸 위안으로 삼았다.

이런 나 자신을 보며 새삼 놀랐다. 예전 같았으면 어떻게든 다른 자리를 찾으려고 시도하고 또 시도했을 거다. 그러느라 상담 전부터 힘을 뺐을 거다. 오늘은 그러지 않았다. 그동안 이런저런 경험을 한 덕분에 원하지 않는 상황을 받아들이는 힘이 커진 것 같다. 트럭을 뒤로하고 내 영웅의 거리로 향했다. 한 걸음 내디딜 때마다 심장이 더 빨리 뛰었다.

초등학교 고학년 시절부터 신해철을 좋아했다. 내 눈에 그는 다른 가수들과 달랐다. 그는 노래하는 철학자이자, 내게 인생을 가르쳐준 스승이다. 그는 누구보다 가족을 위했고, 일을 놀이처럼 즐겼다. 정의를 위해 싸웠고, 도전을 멈추지 않았다. 그래서 늘 그를 내 영웅이라 생각했다.

　골목 하나를 지나 모퉁이를 만났다. 지도에 따르면 그 모퉁이를 돌면 바로 '신해철 거리'다. 드디어 벅찬 마음을 안고 모퉁이를 돈 순간 어라? 내 눈을 의심해야 했다. 상상했던 거리는 거기 없었다. 아직은 공사판이었다. 바닥에 철근들과 나무 판때기들이 널브러져 있었다. 한참 달아올랐던 내 가슴은 순식간에 식어버렸다. 뉴스에선 분명 연말까지 완공된다고 했는데…….

　주변을 찬찬히 둘러보니 곳곳에 파란 비닐을 씌운 머릿돌들이 세워져 있었다. 그중 하나에 다가가 거기 새겨진 글귀를 읽어보려 했지만, 흙먼지에 가려져 있었다. 주저 없이 맨손으로 흙먼지를 털어냈다. 차차 글귀가 보이기 시작했다. 어느새 꽁꽁 언 발을 옮겨 다음 머릿돌로 가서 또다시 쌓인 먼지를 싹싹 훑어냈다. 글귀가 드러났다. 시린 두 손을 모아 깍지를 끼고 쭈그려 앉은 채 두 번, 세 번 곱씹으며 읽었다. 가슴 깊이 닿을 수 있도록 나 자신에게 반복해서 들려줬다. 그중 더 깊이 와 닿는 글귀들은 사진으로 담았다.

　　고민을 부끄러워하지 않는 것.
　　고민이 있다는 것을 당연시하는 것.
　　여기서부터 모든 고민의 해결책이
　　시작되는 것이 아닌가 합니다.

이 글귀가 특히 인상적이었다. 오늘도 누군가의 고민을 들으러 왔기 때문일 것이다. 고민을 누군가에게 말하는 것, 고민을 누군가와 나누는 것, 이것이 고민 해결의 시작이다. 누구나 고민이 있다는 사실을 안다면 자신의 고민을 부끄러워하지 않을 것이다. 물론 사람마다 고민이 조금씩 다르지만, 그렇다고 아주 다른 고민을 각자가 안고 살아가는 것은 아니다. 다섯 명 사이에선 다섯 가지 고민이 나올 수 있지만, 백 명 사이에선 백 가지 고민이 나올 수 없다.

나 혼자만 이런 고민을 가지고 있다고 생각하면 내 고민을 부끄러워하게 된다. 그 결과 고민을 덮어버리거나 감추려고 한다. 즉 고민을 당연시하지 못하고 외면하거나 부정하게 된다. 알다시피 그런다고 고민이 없어지는 건 아니다. 내 안의 고민은 틈만 나면 나를 괴롭히고 수시로 내 발목을 잡는다. 모든 고민 해결의 시작은 인정이다. 그래야 고민을 제대로 바라볼 수 있고, 그래야 고민을 나누며 함께 풀어볼 수 있다.

조금 있다 만날 분들은 고민 해결을 시작하신 분들이다. 상담 트럭에 올라탄다는 것 자체가 그 시작이니까.

인생이 여행이라고 하면
그 여행의 목적은 도착하는 데 있는 게 아니라
창밖도 보고, 옆 사람과 즐거운 얘기도 나누고
하는 과정이라는 것을 예전엔 왜 몰랐을까요?

여행을 떠나면 평소 못 보던 것들을 보게 되고, 평소 못 먹던 것들을 먹게 된다. 그러는 동안 평소 떠올리지 못했던 생각을 하고, 평소 느껴보지 못했던 감각이나 감정을 느끼게 된다. 즉 완전히 새로운 체험을 하거나 희미해져버린 경험을 다시 체험하는 것, 이것이 여행을 떠나는 목적이라고 생각한다. 한마디로 나를 다시 깨어나게 하는 것이다.

자신이 활동하는 한정된 영역이나 자신을 둘러싼 제한된 틀에서 벗어나는 순간 이미 나는 이전의 내가 아니다. 안에서 봤던 것과는 다른 각도에서 세상을 보기 때문에 익숙했던 것이 순간 낯설어지게 된다. 그래서 늘 당연하게 생각했던 것들이 더 이상 당연하지 않게 생각되는 경험을 하게 된다. 새로운 경험을 하지만 사실 전혀 새로운 것은 아니다. 늘 보던 것이 다르게 보이고 다르게 느껴질 뿐이다. 경험의 주체가 바뀌니 경험 자체가 바뀌는 것이다.

인생도 자신만의 여행이다. 그렇다면 우리 인생의 목적은 무엇일까? 여행의 목적과 같지 않겠는가. 많이 보고 많이 듣는 것, 많이 생각하고 많이 느끼는 것. 이런 체험들이 차곡차곡 쌓여서 우리를 점점 더 성장시킨다.

그러니 신해철의 말대로 여유를 가지고 창밖을 바라보고, 설렘을 가지고 옆 사람과 이야기를 나누면서 인생이라는 여행을 즐겨야 하지 않을까? 목적지에 도착할 때까지 휴대폰만 들여다보거나 하지 말고 말이다. 앞에서 말했듯이 경험의 주체인 내가 달라지면, 같은 여행이라도 다른 경험을 할 수 있다.

신해철의 말대로 인생 여행의 목적은 도착이 아니다. 죽음이 삶의 목적이 될 수 없는 것과 같다. 모든 여행의 목적은 과정 그 자체에 있다. 하루하루 쌓여가는 체험의 순간들에 있다.

이런 슬픔, 저런 상처를 껴안고
그래도 살아가야 하는 우리의 삶이었다.
그 길은 얼마나 멀고도 험할 것인가?
그리고 얼마나 많은 슬픔과 상처가 내 앞에 있을 것인가?
영광과 환희, 슬픔과 상처를 껴안고
내 악기들과 내 마음이 만나 이루어내는
몇 소절의 음악과 함께
다시 환하게 제자리로 돌아오겠습니다.

마지막 구절을 읽자마자 눈물이 났다. 제자리로 돌아온다고 해놓고 돌아오지 못한 그가 떠올랐다. 내 영웅을 보내야 했던 슬픔이 밀려왔다. 내 영웅을 잃어버렸던 상처가 떠올랐다. 우리는 이런 슬픔, 저런 상처를 껴안은 채 살아간다. 그리고 이제껏 그래 왔던 것처럼 우리 앞에는 또 다른 슬픔과 상처가 기다리고 있을 것이다. 내 영웅을 잃었던 것처럼 또 누군가를 잃게 될 것이다. 그렇더라도 나는 살아갈 것이다. 지켜야 할 사람들과 지켜내야 할 것들을 위해 살아낼 것이다. 어떻게든 살아내야 한다.

이제 상담 트럭으로 돌아가야 할 시간이다. 다시 제자리로 돌아가야 할 때다. 슬픔과 상처를 껴안고 살아가는 사람들을 만나러 가야 한다. 오늘은 더 뜨겁게 그들의 아픈 마음을 안아드려야겠다. 우리가 태어났음에 감사하고, 우리가 살아 있음에 감사한 오늘이다.

상담 트럭,
이름을 바꾸다

2016년 2월 중고 탑차를 구입해 상담 트럭 일을 시작한 지 1년 5개월 정도 지난 2017년 7월에 '찾아가는 고민 상담소'라는 이름을 바꾸어야 했다. 원해서 한 일은 아니었다. 그래야만 하는 피치 못할 사정이 있어서였다. 한두 번이 아니라, 여러 번 겪은 일 때문이었다.

내 통장을 헐어 구입하고 내 손으로 리모델링한 상담 트럭을, 직접 운전하고 다니며 무료 상담을 했다. 내 돈과 시간과 에너지를 기부하면서 펼친 사회 활동이었다. 그런데 누군가는 이런 나의 활동을 허용하지 않았다.

가령 공영 주차장에서 관리인이 주차를 막는 일이 종종 있었다. 이유인즉 주차만 하는 건 괜찮지만 '영업'은 할 수 없다는 것이었다.

무사히 주차는 했으나, 상담 중에 관리인의 원망을 들은 적도 있었다. 괜찮을 줄 알고 허락해줬는데 민원이 들어와서 입장이 곤란해졌다며, 당장 차를 빼든지 상담을 멈추라고 했다. 상담받고 있던 분께 너무 죄송했다. 마음 아픈 이야기를 어렵게 꺼내던 중이었기 때문이다. 생각해보니 관리인께도 죄송했다. 수상한(?) 트럭을 들인 탓에 그분 역시 날벼락을 맞았기 때문이다.

두 분께 사과를 하고, 트럭은 그대로 둔 채 가까운 커피숍으로 자리를 옮겨서 상담을 이어갔다. 하지만, 트럭에서는 금방이라도 눈물을 쏟을 듯한 얼굴로 속 이야기를 털어놓던 그분이 커피숍에서는 더 이상 자신의 마음에 집중하지 못했다. 음악 소리와 주변에 있는 손님들 소리 때문이었다. 안 그래도 죄송했는데 더 죄송했다.

그나마 다행인 건 그분이 마지막 내담자였다는 것이다. 헤어지면서 죄송하다는 말씀을 여러 번 드렸으나 찜찜한 마음은 어쩔 수가 없었다. 도망치듯 재빨리 주차장으로 향했다. 관리인에게도 죄송하다는 말씀을 또 한 번 드리고 상담 트럭에 올랐다. 그리고 탈출하듯 주차장을 빠져나왔다. 순간 짜증이 치밀었다. 민원을 넣은 그 누군가 때문에. 돌아가는 길은 평소와 달리 지치고 힘들기만 했다. 그날 저녁, 집에서 혼자 술잔을 기울였다. 점심도 못 먹고 상담했던 터라 입에서 단내가 나는 상태로 쓴 술을 마셨다.

더 어처구니없는 일도 있었다. 의료인이 신고된 의료 기관이 아닌 장소에서 의료 행위를 하는 것은 불법이니, 정신과 전문의가 병원이 아닌 곳(트럭)에서 상담을 하는 것은 불법 의료 행위라는 내용의 메일을 받은 것이다. 신분을 밝히지는 않았어도, 그 메일의 발신자가 신고를 당할 수 있으니 주의하라고 나를 걱정해주는 사람은 아님을 바로 알 수 있었다. 외려 본인이 당장에라도 신고를 할 사람 같았다. 당황스럽고, 솔직히 겁도 났다. 그래서 관련 법률을 찾아봤다.

지역 보건법 제23조(건강검진 등의 신고) 1항

의료인이 지역주민 다수를 대상으로 건강검진 또는 순회 진료 등 주민의 건강에 영향을 미치는 행위(이하 "건강검진 등"이라 한다)를 하려는 경우에는 보건복지부령으로 정하는 바에 따라 건강검진 등을 하려는 지역을 관할하는 보건소장에게 신고하여야 한다.

법에 의하면 내가 소속된 지역에서는 문제가 없다. 하지만 타 지역을 찾아갔을 땐 문제가 된다. 찾아가는 지역마다 지역 보건소장에게 미리 신고를 하거나, 아니면 내가 진료(상담)가 아니라 그냥 대화를 하는 것이라고 우긴다면 모를까. 재능 기부 또는 자원봉사라는 이름 아래 해온 내 사회 활동은 문제 삼으려면 문제가 될 만한 행위였다. 앞으로 어떡해야 할지 난감했다. 복잡한 심경으로 SNS에 글을 올렸다. 만일에 대비하는 최소한의 방어책이 되어주기를 바라며.

저는 정신과 의사이기 전에
한 사람입니다.

남들이 절 정신과 의사라고 보면
저는 의료인이 되고,
남들이 절 애 아빠라고 보면
저는 아빠가 됩니다.

남들이 절 센터장으로 보면
저는 센터장이 되고
남들이 절 사회 활동가로 보면
저는 사회 활동가가 됩니다.

제가 하고 있는 활동을
진료라고 볼 수도 있지만,
봉사라고 볼 수도 있고
재능 기부라고 볼 수도 있습니다.
상담 트러 일은
의료인으로서의 진료 행위가 아닙니다.

저는 한 사람으로서
힘들어하는 사람을 도와드리고 있습니다.

억울하고 두려운 상황에 처한 나를 항변하기 위해 쓴 글이었다. 내가 계속 이 일을 할 수 있게 도와달라고 부탁하기 위해 쓴 글이었다. 제발 나를 이해해달라고, 지지해달라고 호소하는 글이었다. 하지만 현실은 내 마음 같지 않았다. 주변에서 우려 섞인 말씀들을 해주셨다. '몸 사리는 게 좋겠다', '좋은 일 하려다 험한 꼴 당하면 어쩌냐?' 다 맞는 말씀이었다.

며칠 잠을 설치며 고민한 끝에 두 가지 결정을 내렸다. 첫째, 상담 트럭 이름을 바꾸기로 했다. '찾아가는 고민 상담소'는, 상담이라는 불법 행위(?)를 대놓고 알리는 꼴이었다. 그동안 언론을 통해 알려진 이름을 포기하기가 아쉬웠지만, 결국 개명을 해야 했다. 새로 정한 이름은 '찾아가는 마음 충전소'. 당시 내 마음이 매우 지친 상태라서, 지친 내 마음에 급히 충전이 필요해서 그런 이름이 떠올랐던 것 같다. 지치고 힘든 마음을 충전하는 곳을 두고 불법 진료실이라고 비난하지 말기를, 제발 그러지 말기를 마음속으로 바랐다.

다음으로는 활동 반경을 줄이기로 했다. 보다 안전하고 안정된 상담을 위해선 다른 선택지가 없었다. 단, 연말까지는 하던 대로 밀어붙이기로 했다. 혹시 문제가 생기면 그때 가서 돌파구를 찾아보기로 하고, 일단은 '무대뽀' 정신을 유지하기로 했다(사실 이 정신 덕에 상담 트럭이 태어났다). 활동 반경이 제한될 것이기에 '찾아가는'이라는 말도 빼야 하지 않을까 잠시 고민했지만, 언젠

가는 다시 특정 지역에 얽매이지 않고 폭넓은 활동을 하겠다는
의지를 되새기기 위해 그대로 남겨두기로 했다.

이걸 다행이라고 해도 될지 몰라도, 아직까지는 고소·고발을
당한 적이 없다. 하지만 앞으로는 어떻게 될지 알 수 없다.

1년 만에 들은 소식

작년에 내게 메일로 진로 고민을 털어놓은 고3 수험생이 있었다. 의대에 진학하고 싶은데, 거기 한번 발을 들이면 남은 인생이 결정나버릴 것 같아서 마음에 걸린다고 했다. 다른 길을 갈 수도 없고, 새로운 길을 만들 수도 없을 것 같아서 부담스럽다고 했다. 평생 한 가지 직업으로 한 가지 일만 하며 살고 싶진 않다면서.

절로 귀가 기울여지는 고민이었다. 나 역시 오래전 같은 고민을 했기 때문이다. 일단 결정하면 절대로 바꿀 수 없을 것만 같은 선택 앞에서 주저하는 건 당연한 일이다.

그런데 사실 그 학생은 의대에 진학해도 정해진 한 길만 갈 수 있는 건 아님을 이미 알고 있었다. 내 인터뷰 기사와 방송을 보고서 메일 주소를 찾아 연락했다고 했다. 그 말은 의사라고 해서 평생 병원에서만 일하는 것이 아님을 나를 통해 알았다는 뜻이다. 그는 단지 확인이 필요한 것이었다. 그래서 이렇게 답장을 보냈다.

'의대에 들어간다고 해서 모두 의사가 되는 건 아니에요. 의사가 되었다고 병원에서만 일하는 것도 아니고요. 또 병원에 들어갔다고 평생 거기에만 있어야 하는 것도 아니에요.'

실제로 내가 그랬다. 의대에 들어가서도 다른 길을 고민했고, 의사가 되어서도 다른 길을 모색했다. 그 결과 병원에서 환자를 치료하는 대신 사회로 나가 마음 아픈 사람들을 도와주기로 한 것이다.

어차피 인생은 선택의 연속이다. 대학을 가겠다/가지 않겠다, 연애를 하겠다/하지 않겠다, 결혼을 하겠다/하지 않겠다, 자식을 갖겠다/갖지 않겠다처럼 어떤 시기에 결정해야 하는 선택이 있다. 또한 아버지처럼 살겠다/살지 않겠다, 어머니처럼 살겠다/살지 않겠다처럼 전반적인 삶의 방향을 결정하는 선택도 있다. 모든 선택 앞에서 우리는 진지한 자세로 임해야 하지만, 그렇다고 한번 내린 결정을 바꿀 수 없다는 강박을 가질 필요는 없다. 사람들은 원하던 대학에 들어갔다가 자퇴를 하기도 하고, 연애는 하지 않겠다고 했다가 연애 감정에 푹 빠져버리기도 한다. 나는 결혼하지 않겠다고 결심했다가 아내를 만나 생각이 바뀌었고, 자식을 갖지 않겠다고 생각했다가 아들을 둘이나 낳았다.

한때 그렇게나 좋아하는 술을 끊어본 적이 있다. 6개월 가까이 단주하면서 깨달았다. 무엇을 선택하든 좋은 점이 있고 나쁜 점도 있다는 걸. 단주도 그랬다. 우리는 대개 A를 선택하면 A′를 얻고 A″를 잃는다고 생각하면서 A′와 A″를 저울질한다. 하지만 인생은 그리 단순하지 않다. A를 선택하면 미처 생각하지 못한 B를 얻기도 하고, 미처 생각하지 못한 C를 잃게 되기도 한다. 그래서 나는 A를 선택함으로써 얻는 것과 잃는 것을 미리 저울질해보지 않는다. 변수가 많을뿐더러, 무엇을 선택하든 얻는 게 있기 때문이다. 새로운 시도와 경험을 하면 무엇이든 배우고 깨닫게 마련이다. 나는 그것으로 만족한다.

그 학생의 고민은 의대를 선택하느냐 마느냐 그 자체에 있는 것이 아니었다. 말은 한 길만 가야 하는 게 못마땅하다고 했지만, 핵심은 그게 아니었다. 힘들게 의대에 들어갔는데 적성에 맞지 않을까 봐, 혹은 의대 공부가 어려워 따라가지 못할까 봐 걱정하고 있었다. 미래를 미리 불안해하고 있었다. 의대에 진학한 후 벌어질 일들을 앞당겨 걱정하고 있었다.

그래서 메일에 이런 말을 덧붙였다.

'무엇을 선택하든 분명 얻는 게 있어요. 저는 잃는 것들보다 얻는 것들을 더 생각합니다. 인생은 한순간의 선택으로 좌지우지되는 게 아니에요. 어차피 죽을 때까지 끊임없이 선택해야 하는 것이 인생이죠. 계획대로 살려고 애썼지만, 계획대로 살아지지는 않더군요.'

선택은 그의 몫이었다.

1년 만에 그에게서 메일이 왔다. 의대에 진학해 공부하고 있다고 했다. 얼마나 반갑던지 내가 의대에 합격했을 때만큼이나 기뻤다. 동시에 걱정도 들었다. '이 친구도 얼마 후 나처럼 방황하는 거 아냐?' 그렇게 되면 그는 또다시 선택해야 할 것이다. 그때도 선택은 그의 몫일 것이다.

1년 사이 나 또한 새로운 선택으로 인해 상황이 달라졌다. 거리의 의사에서 다시 병원의 의사가 되었다. 정확히 말하면 이제는 병원에 있으면서 거리에도 나가는 의사다. 2년 전 병원을 나갈 때만 해도 다시는 병원으로 돌아오지 않으려고 했다. 그럴 수 있도록 최선을 다했다. 하지만 언제 그랬냐는 듯 나는 다시 의사 가운을 꺼내 입었다. 둘째 아들에게 문제가 생겼기 때문이다. 예상치도 못한 일이 생기는 바람에, 결국 계획을 수정해야 했다.

살면 살수록 알다가도 모르겠는 게 인생이다. 1년 뒤에 나는 어떤 모습일까? 어디에서 무엇을 하고 있을까? 1년 뒤 그 학생은 어떤 모습일까? 그는 앞으로 어떤 선택을 할까?

의사와
환자 사이

거리에서 마음이 아픈 사람들을 만난 지 2년 만에 다시 병원으로 돌아왔다. 둘째 아들이 아파서 어쩔 수 없이 내린 결정이었지만, 또 하나의 이유도 있었다. 나 자신을 보호하고 치료하기 위해서였다.

거리에 있는 동안 춥고 외롭고 또 배고팠다. 나는 꽤 지쳐 있었다. 그래도 버티려고 했으면 기꺼이 버텼을 것이다. 예상했던 고생이었고, 게다가 사서 하는 고생에 내성이 생기던 참이었다. 하지만 예상치 못한 일이 벌어졌다. 춥고 외롭고 배고픈 건 불편함에 지나지 않았다. 아들의 병은 고통이었다. 아픈 아들에 대한 죄책감과 못난 아빠로서의 수치심, 그 고통은 버텨볼 엄두조차 나지 않았다.

그래서 나는 병원에 돌아왔다. 까놓고 말하면 도망친 것이다. 어서 빨리 안전한 곳으로 숨고 싶었다. 내가 보호받을 수 있고 고통을 덜 수 있는 곳, 지칠 대로 지친 내가 쉴 수 있고 치료받을 수 있는 곳, 그곳이 내겐 병원이었다. 그렇다. 처자식을 먹여 살리기 위해서라기보다는 일단 나부터 살아야 해서 병원으로 돌아왔다.

생각해보면 병원이란 유해한 환경으로부터 환자를 보호하고, 병들어 죽어가는 환자를 치료하는 곳이다. 전에는 그곳에서 도움을 주는 입장이었지만, 이번엔 도움을 받아야 할 처지였다. 상처받은 환자였기에 병원이라는 은신처이자 휴식처가 필요했다. 그래서 2018년 1월에 병원으로 돌아왔다. 이곳에선, 이곳에서만은 안정감을 느낄 수 있었다.

병원에 돌아온 덕분에 좋은 핑계거리가 하나 생겼다. 병원 일 때문에 다른 일은 할 수 없다는 핑계, 언제 어디서든 누구에게나 둘러댈 수 있는 핑계. 명분도 하나 생겼다. 가장으로서 기본적인 의무라 할 수 있는 벌이를 제대로 하고 있다는 명분. 나는 의사로서의 역할과 가장으로서의 역할을 하면서 내 마음에 쌓일 대로 쌓인 죄책감과 수치심을 어느 정도는 덜어낼 수 있었다. 하지만 아직도 턱없이 부족했다. 자식이 아픈데 그동안 뭘 했냐고 누가 물어본다면, 여전히 아무 말도 할 수 없을 것 같았다. 나는 여전히 죄인이었다.

뭔가를 더 해야 했다. 그래서 퇴근 후에는 가급적 '딴짓'을 하지 않았다. 책을 읽는다든지 글을 쓴다든지 강연 준비를 한다든지 하는, 불과 몇 달 전까지만 해도 당연히 여기던 일들을 일절 그만두었다. 대신 아이들과 더 놀아주고, 아이들을 더 챙겨줬다. 그래야 감당하기 힘든 죄책감과 수치심으로부터 벗어날 수 있을 것 같았다. 아빠로서 부족했던 관심과 사랑을 늦게나마 조금씩 채워갔다.

그러던 어느 날 진료실에 앉아 있는데, 문득 몇몇 환자들이 떠올랐다. 병원에 다시 들어와 만난 환자들이 아니라, 2년 전 병원 문을 박차고 나가기 전에 담당했던 환자들이. 그들의 안부가 궁금했다. 아버지로서의 죄책감이 어느 정도 누그러지니 그제야 그들 생각이 난 것이다.

알아보니 그들 중 몇 분은 주치의가 병원을 떠난 사이 이 세상을 떠나셨다고 했다. 어떤 분은 혼자 술을 마시다 쓰러져서, 어떤 분은 스스로 목숨을 끊어서. 또 다른 죄책감과 수치심이 밀려왔다.

병원을 떠날 때 나는 우리나라 자살률을 떨어뜨리겠다고 당당하게 말했다. 2년 만에 다시 돌아온 나는 더 이상 당당하지 못했다.

'도대체 난 2년 동안 뭘 한 거지? 아이가 아픈 것도 제때 몰랐고, 내가 담당했던 환자들까지……'

나도 모르게 이가 갈렸다. 어떤 어설픈 변명도, 가증스러운 명분도 더 이상 꺼낼 수가 없었다. 나 좋자고 떠나서 이곳에 홀로 남겨졌던 내 환자들, 나 살자고 다시 돌아왔더니 이제 그들은 이곳에 없었다. 혼란스럽다. 내가 의사인지 환자인지 헷갈릴 정도다.

왜 이곳을 떠났었나?
왜 이곳에 돌아왔나?
무엇을 얻기 위해 떠났으며
무엇을 얻기 위해 돌아왔나?
누구를 위해 떠났으며
누구를 위해 돌아왔나?

이곳에서 답을 찾는 수밖에 없다.
그래야만 치료가 될 것 같다.

환자와
하이파이브

술에 취한 젊은 여성 환자가 병원에 왔다. 오전 시간인데도 이미 만취 상태다. 얼굴과 손등, 종아리에 상처가 여럿 보인다. 넘어져서 어딘가에 긁히고 쓸린 상처다. 하지만 그녀는 술기운으로 인해 통증을 못 느끼고 있다. 얼굴은 빨갛고, 눈의 초점은 풀려 있다. 진료실 의자에 겨우 걸터앉았지만, 몸이 축 늘어져서 곧 의자에서 떨어질 것만 같다. 그녀는 연거푸 깊은 한숨을 내쉰다. 출근해서 환기를 시켜놨던 진료실이 소주 냄새로 채워진다.

부모님은 보다 못해 여기까지 데려왔다며, 딸이 대학생인데 술 마시느라 학교에도 안 간다고 하신다. 그 말에 그녀가 한숨 대신 입을 연다.

"학교가 그렇게 중요해? 엄마는 출석이 중요하지? 난 안 중요하지?"

그녀는 어머니를 노려보지만, 어머니는 딸의 시선과 원망 모두를 외면해버린다. 그런 어머니의 태도에 그녀 역시 콧방귀를 끼고 어머니를 외면해버린다. 하고 싶은 말이 아주 많아 보인다. 하지 못한 말들이 쏟아질 것만 같다. 하지만 그녀는 아무 말도 하지 않는다.

대신 그녀의 아버지가 입을 연다.

"선생님, 쟤가 중2 때부터 술을 마셨어요. 벌써 6년째예요. 술 때문에 벌어진 사건 사고가 한두 가지가 아닙니다!"

그녀는 아버지를 노려보지도, 대꾸를 하지도 않는다. 살짝 고개만 숙인다. 그 바람에 더 이상 그녀의 눈을 볼 수가 없다.

"○○씨, 오늘 여긴 어떻게 오게 된 거예요? ○○씨가 직접 말해주면 좋겠어요."

그녀가 고개를 들어 날 바라본다. '당신은 내 말을 들어줄 건가요?'라고 묻는 것처럼 보인다. 의심이 들어서인지 내키지 않아서인지 그녀는 좀처럼 입을 열지 않는다. 잠깐의 침묵을 견디지 못하는 어머니가 끼어든다.

"선생님, 쟤는 입원을 시켜야 돼요! 제가 한두 번 기회를 준 게 아니에요. 더 이상은 그냥 넘어갈 수 없어요!"

그 순간 그녀의 눈에서 불꽃이 튄다. 눈에 쌍심지를 켜고 어머니를 노려보며 소리친다.

"입원시킨다는 말을 몇 번이나 하는 거야? 입원시키기만 해봐! 혀 깨물고 죽어버릴 거니까!"

종종 듣는 말이고, 자주 보는 상황이라 놀랍지 않다. 하지만 그녀의 어머니는 딸이 죽는다는 소리에 당황한다. 어머니의 흔들리는 눈빛을 읽은 그녀는 초강경 자세로 돌변한다.

"무슨 마음으로 날 여기 가두려는지 모르겠지만, 입원시키면 그때부터 죽을 궁리만 할 거야. 계속 자살 시도를 할 테니까 그래도 괜찮으면 엄마 마음대로 해!"

어머니가 어쩔 줄 몰라 하자 아버지가 끼어든다.

"네가 술을 안 마셨으면 엄마 아빠가 널 여기까지 데려왔겠니? 넌 네가 잘못한 건 싹 다 잊고 부모 원망만 하지?"

순식간에 분위기가 살벌해진다. 내 중재가 필요한 타이밍이다.

"○○씨, 여기가 어디죠?"

그녀는 이런 질문에 굳이 대답을 해야 하나 짜증스러운 표정으로 퉁명스럽게 말한다.

"정신병원이요."

당연한 질문을 한 의도는 있었지만, 그녀의 기분 상태로 봐선 더 이상 그런 질문은 말아야겠단 생각이 든다.

"네, 정신병원입니다. 마음의 병을 고치는 곳이죠. 병원은 병을 치료하는 곳이지 죄를 지어서 벌을 받으러 오는 곳이 아니에요. 그런데 방금 ○○씨랑 부모님 대화를 들어보니, 이곳을 벌받는 곳으로 생각하는 것 같네요."

그녀나 그녀의 부모님이 무슨 대꾸를 할까 봐 잠깐 말을 끊었다가 다시 말을 이어간다.

"저는 마음의 상처를, 마음의 병을 치료하는 사람입니다. 벌을 주는 사람이 아니에요. 환자가 어쩌다가 마음을 다쳤는지, 얼마나 마음이 아픈지, 어떻게 하면 아픈 마음을 고칠 수 있을지에만 관심이 있습니다."

그녀의 눈에서 눈물이 떨어진다. 한 방울, 또 한 방울. 그녀의 눈물을 본 어머니의 눈에서도 눈물이 떨어진다. 모녀가 함께 울기 시작한다. 아버지는 입술을 꽉 깨물더니 고개를 숙여버린다. 조용히 흐느끼는 소리와 때때로 콧물 훌쩍이는 소리만 진료실을 채운다. 눈물이 멈출 때까지 기다린다.

잠시 후 그녀에게 묻는다. 방금 왜 울었냐고.

"말로 표현하기가 어려워요. 그냥 눈물이 왈칵 쏟아졌어요. 갑자기요. 어떤 감정인지 설명할 수가 없어요."

"어떤 생각이나 기억이 떠오르진 않았어요?"

"네. 그런 건 없어요."

울컥해서 눈물을 흘리는 행동은 이해할 수 있다. 하지만 그런 행동 뒤에 있는 복잡한 감정이 무엇인지는 나도 아직 알 수가 없다. 일단 말을 이어간다.

"학교에 가지 못할 정도로 술을 마시는 건 분명 문제입니다. 술을 마시다가 병원까지 오게 된 것도 문제라면 문제고요. 그런데 당장 술을 마시고 안 마시고보다 더 중요한 건 왜 술을 마시게 됐느냐, 그것도 조절을 못 할 정도로 마시게 됐느냐입니다. 끊임없이 술을 마시게 만드는 이유가 궁금합니다. 마음의 상처 때문이라면 술만 못 먹게 한다고 될 일이 아닙니다. 상처를 치료하는 게 우선이죠. 다시 말하지만 여기는 뭘 잘못해서 오는 곳이 아닙니다. 아픈 사람들이 오는 곳이죠. ○○씨는 왜 술을 마시는 거예요?"

그녀의 눈에 다시 눈물이 그렁거린다. 금세라도 또 한 방울 떨어질 것 같다. 하지만 애써 눈물을 참더니, 어느새 눈에서 빛이 난다.

"지금 자세히 말할 순 없지만, 아주 고통스러운 일이 있었어요. 고등학교 시절에요. 부모님께 도와달라고 했어요. 정신과 치료를 받게 해달라고 사정사정했어요. 그런데 끝내 안 보내줬어요. 조금만 참아라, 조금만 더 버티면 지나간다는 말만 반복하면서요."

그녀의 눈에서 다시 눈물이 흐른다. 원망도 느껴지고, 억울함도 느껴지는 눈물이다. 슬퍼서 흘리는 눈물은 분명 아니다. 그녀는 코를 팽 하고 푼다. 아무 말도 없지만 그녀의 목소리가 들리는 듯하다.

'보내달라고 할 땐 안 보내주더니, 왜 이제야 나를 여기 끌고 온 거야?'

침묵을 깨고 내가 말한다.

"그때 말 못 할 큰 상처가 있었군요. 제때 치료를 받지 못해 지금껏 고통을 안고 살아왔나 봐요. 이제 더 이상 혼자 참지 마세요. 제가 도와줄게요. 어떻게든 고쳐봅시다!"

그녀가 또 울 줄 알았는데, 눈물은커녕 술이 번쩍 깬 듯 두 눈을 부릅뜬다.

"입원 안 할 거예요! 입원시키면 부모님도, 선생님도 용서하지 않을 거예요!"

그렇게 공 들여서 설명했는데…… 좌절감과 회의감이 몰려온다. 하지만 꾹 참고 버틴다.

결국 나는 그녀를 입원시킨다. 음주 문제로 또 한 번 사고가 나면 아주 심각한 일이 벌어질 수 있는, 명백히 입원 치료가 필요한 상태이기 때문이다.

잠시 후 병동에 올라가 그녀를 다시 본다. 그녀는 병실에 들어오자마자 울었다고 한다. 왜 울었냐고 물으니 무서워서 그랬다고 한다. 지금은 어떠냐고 하니, 이젠 괜찮다며 퇴원은 언제 할 수 있느냐고 묻는다. 입원하자마자 퇴원 이야기를 꺼내는 것이다. 내가 여기까지 오게 된 이유, 즉 마음의 상처에 대해 이야기하면 좋겠다고 하자, 그녀는 퇴원해서 통원 치료를 하면서 이야기를 해도 되지 않느냐고 한다. 물론 가능한 일이긴 하다. 하지만 그녀는 술 마시느라 학교도 안 가고 있으니 술 마시느라 병원에도 오지 않을 가능성이 크다. 술을 먹지 않은 상태로 매일 치료를 이어가는 게 여러모로 치료 효과가 좋다고 설명하다가, 문득 아까 그녀가 했던 말이 떠오른다.

"아까 입원시키면 절 용서하지 않겠다고 하셨는데, 지금도 저한테 화 많이 났어요?"

"에이, 그냥 입원하기 싫어서 한 말이에요. 제가 뭔데 선생님을 용서하고 말고 하겠어요."

그녀는 상냥하게 웃는다. 그나마 조금 마음이 놓인다.

다음 날 아침 일찍 그녀 어머니로부터의 전화. 너무 힘들다며 퇴원을 요구한다. 충분히 그럴 만하다. 부모님은 분명 밤새 한숨도 못 잤을 것이다. 어머니의 뜻은 완강하다. 결국 그녀를 퇴원시키기로 한다. 그녀에게 직접 퇴원 소식을 알리자, 그녀가 갑자기 눈물을 흘리기 시작한다. 뜻밖의 소식에 기뻐서 우는 건가?

"원하는 대로 퇴원하게 됐는데 왜 울어요?"

그녀는 손으로 눈물을 훔치며 말한다.

"짜증이 나서요. 부모님이 입원시켰다는 게 짜증 나서요."

나한테도 짜증이 났겠거니 생각하니 내 심정도 착잡하다. 나는 작별 인사를 건넨다.

"저는 ○○씨 마음의 상처를 아직 보지 못했어요. ○○씨가 보여주지 않아서요. 저는 그 상처 꼭 치료해주고 싶어요. 어제 ○○씨가 말한 것처럼 외래에서 계속 만나서 치료하면 좋겠어요."

그녀는 아무 말도 하지 않는다. 대신 손을 펴서 손바닥을 내게 내민다. 하이파이브를 하자는 뜻이다. 그녀와 손바닥을 마주친 뒤 나는 도망치듯 병실을 빠져나온다. 눈물이 떨어질 것 같아서다.

2년 만에 병원으로 돌아와 진료를 하다 보니 상담 트럭에서 만났던 분들과 병원에서 만나는 분들은 확연히 다르다는 것을 실감한다. 병원에서 만나는 분들은 환자라고 부르기에 충분한, 아니 환자라고 부를 수밖에 없을 만큼 아픈 사람들이다. 이렇게 심각한 지경이 되기 전에 왜 미리 병원을 찾지 않았을까?

    정신병원의 문턱은 2년 전이나 지금이나 여전히 높기 때문이다. 정신병원까지 오는 데 평균 18개월의 시간이 걸린다는 조사 결과는 정신병원에 대한 심리적 거부감이 아직도 크다는 것을 나타낸다. 사실 이런 현실을 개선해보고자 나는 병원을 떠났었다. 병원 안에서 의사 가운을 입은 채로 문턱이 낮아지기만을 기다리는 것이 내게는 답답하게 느껴졌다. 같은 말이라도 병원 밖으로 나가서 하는 것이 전달력도 파급력도 클 것이라 판단했다. 보다 적극적으로 문턱을 낮추는 데 기여해 마음 아픈 사람들이 정신병원까지 오는 데 걸리는 시간을 조금이나마 줄여보고 싶었다. 마음에 병이 나기 직전인 사람들과 이미 병이 난 사람들이 늦기 전에 전문적인 도움을 받을 수 있는 분위기를 만들고 싶었다.

하지만 2년 만에 병원으로 돌아와 만나는 분들은 2년 전에 뵈었던 분들과 거의 다르지 않았다. 여전히 대부분 중환자들, 적절한 때를 놓치고 뒤늦게 찾아온 분들이었다.

물론 2년 만에 크게 바뀌었길 기대한 건 아니다. 그저 조금이나마 바뀌었길 바랐건만 변화가 거의 느껴지지 않았다. 내 시도는 좋았는지 몰라도, 그 시도가 현실에 힘을 발휘했다고 말할 수는 없었다. 내 방법이 잘못됐을 수도 있고, 노력이나 시간이 부족했을 수도 있다. 아니면 애초에 나 혼자 하기에는 역부족인 일이었을 수도 있다.

"힘들긴 정말 힘든데…… 아프긴 진짜 아픈데…… 어딜 가야 할지 모르겠더라고요."

상담 트럭에서 이런 유의 말을 자주 들었다. 정신병원에 가야 할지, 심리 상담소에 가야 할지 모르겠더란다. 혼자 이렇게 말하기도 했단다. '내가 미친 건 아니잖아. 정신이 나간 건 아니니까 병원은 아니지!' 안타깝고 가슴 아픈 말이었다. 그나마 그분들은 내 상담 트럭에라도 오셨으니 다행이었다.

누가 심리 상담소에 가본 적이 있다고 하면 잘했다고 칭찬한다. 병원이냐 심리 상담소냐보다 더 중요한 것은 어디서든 도움을 받은 적이 있느냐다. 문제는 두 군데 다 엄두가 나지 않아 아무 데도 못 가는 경우다. 전문적인 도움이 필요한 시기에 혼자 버티다가는 결국 탈이 나고 만다. 위가 소화시킬 수 있는 음식의 양을 넘어설 때 배탈이 나듯 우리의 정신이 소화시킬 수 있는 스트레스의 양을 넘어설 때 마음에 병이 난다.

사실 상담 트럭에서 만난 분들과 병원 진료실에서 만나는 분들이 경험한 스트레스는 크게 다르지 않다. 먹고사는 문제와 인간관계 문제에서 비롯된 스트레스. 여기서 짚고 넘어가야 할 건 스트레스를 받은 기간이다. 병원에서 만나는 분들 대부분이 즉각적인 치료가 필요한 중한 상태인 이유는 스트레스를 참고 견뎌온 기간이 길었기 때문이다. 버티고 버티다 결국 버틸 수 있는 한계를 넘어선 것이다.

어쩌면 병원은 병이 난 후에나 찾는 곳이라는 인식 때문에, 사람들이 너무 늦게 찾아오는지도 모른다. 병원은 검사와 예방을 담당하는 곳이기도 한데 말이다. 특히나 정신병원은 미친 사람들이나 가는 곳이라는 편견 때문에 찾기를 꺼린다. 결국 아직 심각한 단계는 아니라도 그렇게 될 위험성이 높은 사람들이 부담 없이 가서 도움을 받을 만한 정신 의료 기관이 없다는 게 문제다.

지역별로 정신건강복지센터가 있지만, 병원에 비해서 전문성이 다소 떨어진다. 우선 검진 전문 기관이 아니다 보니 검사를 위한 여건이 열악하다. 임상심리 전문가가 없는 센터가 많다. 게다가 사례 관리, 방문 보건, 센터 프로그램 운영 그리고 지역사회의 여러 기관들을 이어주는 연결고리 역할 등 다양한 업무를 감당해야 한다. 날로 정신 질환이 증가하고 있는 한국 사회에서 병원과 비슷한 수준의 전문성을 갖춘 정신 건강 검진 기관이 필요한 이유다. 정신병원 가는 데 무려 18개월이라는 시간이 걸린다는 말은, 18개월 동안 치료는 고사하고 검사조차 받지 못했다는 뜻이다. 그 어떤 전문적인 도움도 없이 18개월간 마음의 병을 키운 사람들이, 바로 내가 병원에서 만나고 있는 이들이다.

어쩌다 보니 거리 상담(트럭 상담)과 정신건강복지센터와 병원, 이 모두를 경험하게 되었다. 정신 질환 발병 전후 과정을 생생하게 접한 셈이다. 그러다 보니 정신 질환 예방, 조기 발견 및 조기 개입, 치료까지의 연결고리의 중요성을 절감했다. 상담 트럭에서 만난 사람들 중에 발병 위험이 높은 사람들은 정신건강복지센터로 연계했고, 정신건강복지센터에서 만난 사람들 중에 이미 발병한 사람들은 병원으로 연계했다.

정신건강복지센터에서 3년간 일하면서 늘 안타까웠던 점이 있다. 정신병원은 누구나 알지만 갈 엄두가 안 나서 못 가는 데 반해, 정신건강복지센터는 아무도 몰라서 못 간다는 것이다. 내가 소속돼 있던 정신건강복지센터는 개소한 지 20년이 넘었는데도 상담 트럭을 타고 다녀보면 존재 자체를 모르는 주민들이 너무

나 많았다. 센터 나름대로 여러 언론 매체를 통해 홍보 활동을 하지만, 그 효과가 얼마나 되는지는 미지수다.

거리에서 만난 사람들 중에 몇몇은 바로 정신병원으로 연결해 주고 싶었다. 하지만 대부분 병원에는 못 가겠다는 반응이었다. 아직 바뀌지 않은 부정적인 편견 탓이다. 그래서 언젠가부터 병원 대신 정신건강복지센터를 권했다. 대부분 호의적이었다. 아무래도 병원 문턱보단 센터 문턱을 넘기가 수월하다는 뜻이다.

그렇다고 정신건강복지센터로 만족할 수는 없는 형편이다. 앞서 말했듯이 센터는 병원에 비해 전문성이 떨어지기 때문이다.

그래서 혼자서 어렴풋이 '정신 건강 검진 센터'라는 곳을 상상해본다. 주기적으로 신체 검진을 받듯이 주기적으로 정신 검진을 받을 수 있는 곳, 우리나라 국민이면 누구나 눈치 보지 않고 두려움 없이 자신의 정신 건강 상태를 체크할 수 있는 곳, 병원과 정신건강복지센터 사이에 있는 그곳을.

사실 이런 곳은 나라에서 만들어줘야 하지 않을까?

선행은 모방에서,
행복은 마음을 나누는 것에서

학창 시절 학교에서 성금을 내라고 해서 마지못해 낸 적은 있지만, 내가 자발적으로 기부를 시작한 건 불과 5년 전 일이다. 살던 대로 살고, 하던 대로 했더라면 아직도 기부는 남의 일이었을 것이다. 나에게 돈은 그저 나를 위해 쓰거나 나를 위해 모으는 것일 뿐이었다. 그랬기에 김밥 할머니가 평생 모으신 돈을 사회에 기부하셨다는 소식은 내겐 딴 세상 일로 들렸다. 혼자서 속으로 이런 생각은 했었다.

'나도 나중에 성공해서 돈 많이 벌면 할머니처럼 기부해야지.'

하지만 이런 '나중'은 오지 않는다. 실상 이런 생각은 기부를 안 하겠다는, 또는 못 하겠다는 뜻이다.

그랬던 내가 달라졌다. '잘살게 되면 도와야지'라는 생각은 '도와주는 게 잘 사는 거다'라는 마음으로 바뀌었다. 행복에 관한 독서가 나에게 행복으로 가는 길을 알려준 덕분이다. 책에서 기부나 봉사를 하는 사람들이 행복하다고 해서 나도 따라 해보고 싶었다. 그래서 어린이 재단에 매달 얼마씩 기부를 시작했고, 요양원을 찾아 호스피스 봉사를 시작했다. 그러니까 내 선행의 시작은 모방이었던 셈이다.

오래전에 20년 넘게 해마다 보육 시설에 익명으로 기부한 사람에 관한 뉴스를 접한 적이 있다. 그때는 '참 대단한 분이다' 싶었다. 그런데 언제부턴가 비슷한 뉴스를 보면 이런 의문이 들었다.
'언젠가는 이렇게 알려질 텐데 왜 굳이 숨기면서 선행을 하실까?'
'선행은 숨기면서 해야 더 좋은 걸까?'
'주위에 널리 알려야 더 많은 사람이 선행에 동참하지 않을까?'
만약 기부나 봉사를 하는 모든 사람이 자신이 그런 일을 하고 있다는 사실을 숨긴다면, 예전의 나처럼 한 번도 그런 일을 해본 적 없는 사람들은 무슨 수로 변할 수 있는 계기를 갖게 되겠는가? 그래서 나는 선행은 주위에 널리 알려야 한다고 생각한다.

내가 그랬듯이 그 누군가도 나를 모방하길 바란다. 어찌 보면 내가 상담 트럭을 만든 것도 모방이라 할 수 있다. tvN 〈리틀빅 히어로〉에 출연하신 대구 사랑모아 통증의학과 백승희 선생님,

그분의 헌신적인 의료 봉사에 감동받아 상담 봉사를 생각하게 되었고 그 결실이 상담 트럭이었다. 나는 이처럼 선행이 유행처럼 퍼지길 바란다.

사실 그동안 나를 후원해주고 싶다는 분들이 많았다. 전국 각지에서 계좌번호를 알려달라는 연락이 왔다. 공식적으로 후원하고 싶다는 어떤 기업도 있었다. 모두 정중히 사양했다. 개인 신분으로 후원금을 받는 게 부담스러웠기 때문이다. 하지만 이미 받은 것이나 다름없다. 그만큼 그분들이 힘이 되었다. 그분들 덕에 지쳐도 웃을 수 있었다.

반드시 인사드려야 할 분들이 또 있다. 2017년 2월부터 4월까지 다음 〈스토리펀딩〉을 통해 후원해주신 575명에게도 다시 한 번 감사드린다. 기부해주신 후원금은 총 11,435,000원이었고, 다음 〈스토리펀딩〉 측에서 수수료를 제하고 내 통장으로 입금한 금액은 9,734,000원이었다. 약속대로 상담 트럭 개조에 6,058,000원을 사용했고, 상담실 내부 인테리어에 1,980,000원을 사용했다. 남은 금액은 205명에게 리워드로 약속한 책을 보내드리는 데 모두 사용했다. 책 출간이 계획보다 많이 늦어지는 바람에 너무 오래 기다리게 만든 점, 고개 숙여 사과드린다.

상담 트럭과 관련해 청소, 운전, 혹은 현장 봉사를 해주시겠다며 연락을 주신 분들도 있었다. 메일이나 메신저, 쪽지 등으로 응원과 격려를 해주신 분들께도 감사드린다.

이 모든 분들 덕분에, 행복은 마음을 나누는 것에서 시작하는 것임을 다시 한 번 깨달을 수 있었다.

마지막으로, 이 책으로 얻게 될 수익금 전액은 발달장애아동을 후원하는 단체나 재단에 기부할 것임을 밝힌다.

언제든, 어디서든, 어떻게든 만나자

살아 있으니 넘어질 수 있는 것이고,
살아 있으니 아파할 수 있는 것이다.

넘어졌으니 눕고 싶은 마음이 생기는 것이고,
아프다 보니 죽고 싶은 마음이 생기는 것이다.

넘어지더라도, 아프더라도
제발 살아달라.

눕고 싶더라도, 죽고 싶더라도
살아만 달라. 제발.

죽고 싶다던 중년 남성을 만난 날 일기장에 썼던 글입니다.
지금 이 순간에도 죽고 싶은 사람들에게 꼭 전하고 싶은 말입니다.

저는 그동안 수많은 그대를 만나며 살아왔습니다.
직접 얼굴을 마주하진 못했을지라도
언제든, 어디서든, 어떻게든 그대를 만나왔습니다.

제가 그대를 만날 수 있었던 것은
제가 살아 있었기에 가능했던 일입니다.
지금 그대를 만날 수 있는 것도
아직 제가 살아 있기에 가능한 일입니다.

저는 지금 그대와 함께 살아 있습니다.
우리는 지금 함께 살아 있습니다.
저는 그대와 같은 시대를 살아가며
추억을 공유하고 있는 인생의 동반자입니다.
제 이야기는 바로 우리의 이야기입니다.

저의 영웅, 신해철이 남기고 간 메시지를
이 책의 마지막 말로 대신할까 합니다.

저 모든 별들은
너보다 먼저 떠난 사람들이
흘린 눈물이란다.

세상을 알게 된 두려움에
흘린 저 눈물이
이다음에 올 사람들을
인도하고 있는 거지.

상담 트럭에 쏟아진 감사 인사

※ 아래 글은 임재영 정신과 전문의의 상담 트럭 〈찾아가는 마음 충전소〉에서 상담을 받은 분들이, 이후 메일, 블로그, SNS를 통해 남긴 감사 인사입니다.

선생님, 덕분에 저 취업했어요! 말을 더듬어도 상관없고 나의 본모습을 가감 없이 보여주겠다는 생각으로 면접에 임해 당당히 합격했습니다. 과거의 일이 현재에 계속 영향을 주는 건 제가 과거 기억을 꽉 붙들고 있기 때문이라는 선생님 말씀을 듣고 나니, 과거와 현재는 별개라는 사실을 생활하면서 몸으로 깨달을 수 있었습니다. 면접 전에 선생님을 만나 이야기할 수 있었던 게 얼마나 다행인지 모릅니다. 앞으로도 선생님의 조언을 새기며 과거에서 한 발짝 물러나 현재에 충실하면서 씩씩하게 살아보겠습니다.   100p****** 님

◈ ◈ ◈ ◈

다음 스토리펀딩을 통해서 임재영 선생님을 알았다. 2017년 2월 6일 자정을 갓 넘긴 시각에 선생님의 스토리펀딩 글이 올라왔고, 그날 0시 50분에 상담을 요청하는 글을 그 게시판에 남겼다. 이런저런 상념에 시달리며 우울해하던 차였다. 상담 일정은 바로 잡혔고, 나는 스토리펀딩을 통해 선생님과 상담을 하게 된 두 번째 내담자였다.

"왜 항상 모든 게 내 탓이라고 생각해요? 자책하지 마요. 본인 잘못 아니니까."

어렸을 때부터 모든 게 장녀인 내 잘못이라는 비난성 훈육을 받으며 자랐던 내게는 정신이 번쩍 드는 찬물 같은 말이었다. 태어나 처음 들어보는 이 말은 아직까지도 내 일상을 잔잔하게 변화시키고 있다. 돈이나 그어떤 대가 없이 순수한 마음으로 내 말을 들어주는 사람이 있다는 사실은 내 삶에 큰 구원이 되었다.　myun******* 님

✧　✧　✧　✧

작년 여름까지 공무원 시험 준비를 7년 넘게 했지만, 결국 실패하고 선생님께 상담받았던 사람입니다. 남편과 갈등도 있었고, 취업 준비가 너무 고단해 선생님과 얘기하다가 눈물을 한 바가지 흘렸죠. 저는 그날 선생님께 큰 용기를 얻어 새로운 일에 도전했어요. 선생님이 하시는 일과 비슷한 일을 하게 되었습니다. 선생님 소식 들릴 때마다 저도 모르게 가슴이 벅차네요. 늦게나마 감사 인사 드립니다.　bilg******* 님

✧　✧　✧　✧

제 이야기에 진지하게 공감해주시고, 때로는 혼자서는 생각할 수 없었던 질문을 던져주시기도 했습니다. 예리하면서도 따뜻했던 상담은 제게 큰 위안이 되었습니다.

선생님과 상담 이후 제 삶의 방향을 조금씩 개선하려 노력하고 있습니다. 패배감에 휩싸여 외부와 단절된 생활을 했었는데, 지금은 기존의 무기력함을 뒤로하고 하루하루 눈앞에 주어진 일들을 해보려 합니다.

chup**** 님

가족 눈치를 보며 엄마니까 내가 하고 싶은 것은 포기해야 한다고 여겼던 과거의 생각은 버렸습니다. 선생님을 만나고, 2년 동안 생각만 했지 실행은 못 했던 일에 도전하고 있어요. 이런 변화를 추구하는 과정이 행복인가 싶습니다.

진정한 행복은 단번에 얻을 수 있는 게 아니라 끊임없는 노력으로 얻을 수 있다는 것을 새삼 깨닫습니다. napp** 님

◇ ◇ ◇ ◇

숨 막히는 순간마다 숨을 불어 넣어주듯 건네시던 한 마디 한 마디를 기억합니다.

늘 감사한 마음입니다. john***** 님

◇ ◇ ◇ ◇

아무도 내 얘기를 귀담아들어주거나 이해해주지 않았고, 그 누구도 내 편이 되어주지 않았습니다. 하루가 멀다 하고 죽고 싶은 마음이 나를 괴롭힐 때, 죽을 계획까지 세우고 있던 그때, 운 좋게도 선생님을 만났습니다. 행키를 만난 후 지금의 제 삶은 덤처럼 얻어진 삶입니다. 내가 죽으면 가족보다 더 마음 아파하고 슬퍼해줄 것만 같은 사람이, 모두 나를 원망하고 질책할 때도 그럴 수밖에 없었던 상황을 깊이 이해해줄 것 같은 사람이 선생님입니다. 마음 아픈 사람들을 위해 많은 것을 희생하고 있는 선생님의 그 마음 잊지 않을게요. circ****** 님

◇ ◇ ◇ ◇

선생님, 1년 반 전에 손수건 드린 학생입니다. 말씀대로 시간이 해결해

준 덕분에 지금은 그렇게 힘들었던 감정이 많이 무뎌졌어요. 잊을 만하면 또 다른 고민이 찾아와서 힘들게 하는데 예전만큼 그렇게 힘들지는 않습니다. 1년 동안 많이 성숙해졌음을 느낍니다. 손 내밀어주셔서 감사합니다.　sons******님

◇　◇　◇　◇

선생님이 그날 제게 가슴이 시리고 아프다고 말씀하셨던 게 생각나요. 그렇게 제 상태를 알아봐주신 것만으로도 큰 위안이 되었습니다. 과거의 경험이 지금 사랑하고 있는 일에 방해가 되는지 물어보셨죠. 솔직하게 선생님께 털어놓은 그 홀가분함의 힘으로, 버텨나갈 용기를 얻었습니다. 선생님도 행복하세요.　jeon****님

◇　◇　◇　◇

예약 날 상담 장소에 가는 것도 힘들었습니다. 얼마나 그 앞을 서성였는지 몰라요. 제게는 큰 모험이었습니다. 사람 때문에 힘들다고 생각해왔는데, 사람으로 치유할 수 있음을 알려주셨습니다.　soga*******님

◇　◇　◇　◇

남들이 가리키는 길이 아닌 제 마음이 이끄는 길을 걷겠습니다. 누군가에게는 선생님의 존재 그 자체가 힘이 된다는 사실을 꼭 기억해주세요.
haru*********님

◇　◇　◇　◇

선생님께 상담받았던 축구 선수입니다. 마음이 많이 편해졌어요. 처음에

는 상담이 끝나고도 얼떨떨한 마음뿐이었고 이제 어떻게 해야 하나 많이 망설였는데, 서서히 좋아지는 제 마음을 바라봅니다. 여전히 그곳에 계셔주셔서 감사합니다. figh**** 님

✧ ✧ ✧ ✧

제게 보내주신 진심 어린 눈빛이 고마웠습니다. 선생님은 제가 지금껏 살면서 받은 것들 가운데 가장 멋진, 평생 잊지 못할 선물입니다. 다 놓아버리고 싶은 힘든 순간마다 기억하겠습니다. onel******** 님

✧ ✧ ✧ ✧

추운 겨울 광화문에서, 선생님은 일면식도 없던 저를 따뜻하게 맞아주셨습니다.
"무엇이 힘든가요?"라는 말씀에 이 낯선 사람에게 복잡한 얘기를 어떻게 꺼내야 할지 주저했죠. 두서없는 말을 진지하게 들어주시니 그동안 차마 입 밖에 내지 못했던 이야기를 술술 풀어놓을 수 있었습니다. 그날 이후 많은 것을 바꿨습니다. 빡빡한 스케줄러에 아무것도 안 하는 날을 만들고, 늦잠도 자고, 집순이 생활도 해보고, 그렇게 서서히 몸도 마음도 회복되었습니다. 귀한 시간 내어주셔서 다시 한번 진심으로 감사드립니다.
sang**** 님

인생이 적성에 안 맞는걸요

1판 1쇄 인쇄 2018년 11월 12일
1판 2쇄 발행 2018년 12월 17일

지은이 임재영
펴낸이 김영곤
펴낸곳 아르테

문학사업본부 본부장 원미선
책임편집 김지영
문학기획팀 이승희 이지혜 인수
문학마케팅팀 정유선 임동렬 조윤선 배한진
문학영업팀 권장규 오서영
홍보팀장 이혜연   **제작팀장** 이영민

출판등록 2000년 5월 6일 제406-2003-061호
주소 (우 10881) 경기도 파주시 회동길 201(문발동)
대표전화 031-955-2100 **팩스** 031-955-2151

ISBN 978-89-509-7824-2 (03810)
아르테는 (주)북이십일의 문학 브랜드입니다.

(주)북이십일 경계를 허무는 콘텐츠 리더

아르테 채널에서 도서 정보와 다양한 영상자료, 이벤트를 만나세요!
네이버오디오클립/ 팟캐스트 [클래식클라우드]김태훈의 책보다 여행
페이스북 facebook.com/21arte   블로그 arte.kro.kr
인스타그램 instagram.com/21_arte   홈페이지 arte.book21.com